KB180883

한국 희곡 명작선 139

지하전철 안에서

한국 희곡 명작선 139

지하전철 안에서

김영무

평민사

김영무

지하전철 안에서

등장인물

김현곡 (남, 60대) : 극작가이며 해설자
이정식 (남, 30대) : 연극배우
이지희 (여, 20대 중반) : 탈북녀
정진영 (남, 50대) : 서정시인
민노인 (남, 70대 중반) : 공무원 출신
안노인 (남, 70대 중반) : 건축업자
한 씨 (남, 50대) : 해병대 출신
김선생 (남, 50대) : 고등학교 국어 선생
추동일 (남, 30대) : 좌파 언론인
문기남 (남, 30대) : 진보당 당원
강인구 (남, 30대) : 강성 노조원
혼혈남 (40대 후반) : 라이따이한
주상호 (남, 40대) : 사복형사
김인실 (여, 30대 중반) : 이정식의 부인
청년1
전도사 (여)
비구니

때와 곳

2016년의 서울 지하전철 내

무 대

지하전철 차량의 내부인데, 무대의 기본 구도는 한 량의 전동차를 횡으로 재단하여 승객석을 좌우 양편으로 갈라놓은 형상이다.

배경막의 중앙 부문에 이웃 칸으로 드나드는 출입구가 설정되어 있고, 그 면의 왼편에 SOS(비상 인터폰)와 소화기가 상하로 안치되어 있다. 그 출입구 면에 이어진 승객석이 V자 형으로 나누어져 좌우로 뻗어 관람석으로 연결되어 있다. 한편 이 작품은 일종의 몽유희곡(夢遊戱曲)으로 볼 수가 있으므로, 사실적인 장치보다는 몽환적인 분위기를 창출하는 무대 미술이 나올 것 같다. 이를테면 허공에 대롱대롱 매달려 있는 승객들을 위한 손잡이들이 교수형장의 목걸이를 연상시키기도 하는가 하면, 구원의 손길처럼 느껴질 수도 있게 디자인 되어야겠고, 금속 철제 의자와 손잡이 등은 출구를 봉쇄해버린 철벽을 연상시켜 주기도 한다.

그리고 붉은 색으로 쓰인 SOS라는 표식과 붉은 도색으로 만들어 진 소화기 등도 과장된 크기로 설정됨이 좋을 것이다.

작의

지금 여기 우리들의 좌표

근년에 국내에서 공연되는 연극들을 두루 관람할 때마다, 나의 가슴 한쪽에는 까닭모를 의문 한 가지가 팽배하곤 했었다. 한 마디로 "왜 이런 연극들이 만들어지고 있지?" 하는 것이었다.

이전에는 영어 번역극들이 우리 현대연극계의 주류를 이루다시피 했는데, 2000년대로 접어들어서면서부터 러시아에 유학 다녀온 연극인들이 많은 탓에 그러했겠지만, 체호프 작품들의 무대화가 또 하나의 붐을 이루다시피 했다. 희곡중심의 연극이 아닌 '탈문학적 연극'이 현대연극의 대세라고도 했는데, 모범적인 자연주의 계열의 작품들로 통하는 「갈매기」, 「벚꽃 동산」, 「세 자매」, 「바냐 아저씨」에 이어 체호프가 16세 무렵에 집필했다는 습작희곡 「플라토노프」까지 공연될 지경에 이르렀으니 실로 기묘한 현상이라 아니 할 수 없었다.

그렇다고 셰익스피어나 그리스 희·비극 또는 체호프의 작품과 같은 고전 명작들의 무대화 자체에 무슨 문제가 있어, 내가 공연히 비난을 하려 들거나 무슨 시비를 걸겠다는 뜻은 아니었다.

다만 '연극이 이 시대, 바로 여기에 살고 있는 우리들과 소통하기 위한 예술'이라 했을 때, 우리 관객들과의 공감대 형성 등은 아랑곳하지 않고, 그 작품이 명작이란 이유 하나만으로 책읽기 수준에 불과한 공연으로써 관객들의 박수갈채를 기대하기란 어려운 일이 아니겠느냐 하는 염려가 앞서더란 뜻이었다. 가령 그것이 새로운 연극적 미학을 탐구하는 실험극이 아니라, 입장료를 책정하고, 일반관객을 유치하는 연극이라 했을 때, '관객들과 공감대를 형성하지 못할 작품'이 과연 어떻게 박수갈채나 호평 등을 기대할 수가 있겠는가?

창작극은 두 말할 나위도 없고, 해외 명작들의 번역극 무대 역시 예외일 수는 없으리라. 고전 명작을 레퍼토리로 삼았다고 해서 그 연극 또한 명작이 될 수는 없는 법이며, 동시대적 관객과의 공감을 위한 재해석 작업조차 제대로 이뤄지지 않은 연극이 과연 어떻게 문화상품으로서의 가치를 인정받을 수가 있겠는가.

물론 위에서 말한 의혹이나 연극관 등은 아직 밖으로 표출된 적이 없는 나의 잠재의식에 내재되어 있는 비판의식들이었다.

2016년 2월 28일. 그날은 일요일이었고 눈이 내렸다. 나는 『피터브룩. 현대연극의 표상』이란 책에서 피터브룩이 영화 〈파리대왕〉을 연출할 때 겪게 되었다는 에피소드들을 읽고 있었다. 어느 순간이었다. 내 머리 속에는 일종의 신비한 현상처럼 일련의 영감이 떠오르기 시작했다.

뜻밖에도 그것은 '서울의 지하전철 안에서만 전개될 수 있는 이야기로… 일종의 시추에이션 드라마 형식으로 집필될 작품'이라는 착상의 발단이었다.

　행여 놓칠세라 나는 허겁지겁 서둘렀고, 그리하여 순식간에 A4용지 4쪽 정도의 메모까지 만들어 낼 수가 있었다.

　물론 어찌하여 그 순간에 바로 그러한 이미지가 섬광처럼 불현듯 형성되었는지, 나로서는 도저히 그 까닭을 알 수 없는 일이었다.

　어쨌거나 이 작품의 집필은 그날로부터 시작되었다.

　이를테면 '어느 날 역외의 장소에 불시착하게 되고, 장시간 요지부동하는 지하전철 안'이라는 극한적 상황만이 하나의 극적 소재로 채택이 된 셈이었다.

　그와 동시에 절박한 그런 상황 하에서 전철 안 승객들의 입을 통해 자연스레 표출될 수밖에 없는 '현재 우리 한국인들의 잠재의식 속에 내재되어 있는 일상의 불안과 공포감 내지 바람' 등을 한 편의 드라마로 구축해 보리라는 테마까지 붙잡을 수가 있었다.

　줄거리
　알고 보면 불안한 우리의 일상
　핀 라이트 속의 김현곡이 장자(莊子)의 호접지몽(胡蝶之夢)을 인용, '꿈속에 지하전철을 탄 것인지, 지하전철 속에서 꿈을 꾸게 되었는지 모를 일'이라는 해설을 한 다음, 가면을 뒤집어쓰게 되면 암전이 된다.

　전체 무대에 조명이 들어오면, 가면을 쓴 김현곡이 지하전철 2호선 차량 속의 승객이 되어 있다.

　이윽고 신당역을 출발한 전동차가 동대문 역사문화공원역 진입을 앞두고 불시착하게 되면서 차내 방송에 의해 '앞차와의 안전거리 유지를 위해서'라는 사실이 알려진다. 그랬는데 그 지하전철은 좀체 움직일 줄을 모르게 된다. 뿐만 아니라 스마트폰의 기능과 아울러 모든 출입문들의 작동도 멈춰 버린다.

따라서 승객들은 당혹감에 휩싸이다 못해, 점차 죽음의 순간들을 의식하게 되면서부터 극심한 불안과 공포심에 젖어 들기 시작한다.

그리하여 17명의 승객들은 느닷없이 당면하게 된 그 절박한 상황 속에서 중구난방 식으로 자기들의 입장과 감정들을 토로하기에 이른다. 이를테면 혼혈남인 라이따이한은 자기 아버지를 찾아 세 번째로 한국에 왔다는 말을 하기도 하고, 탈북녀로 '하나원'의 교육과정을 수료하고 사회실습을 나오게 된 이지희는 동행하는 사복형사에게 사사건건 남한 사회에 대한 궁금증을 내비치기도 한다.

여전도사는 승객들의 관심 밖에서 '할렐루야'만 외친다.

마침내 좌파 언론인으로 자처하는 추동일이 비상 인터폰으로 통화를 시도하다가 불통이 되자, 박근혜 정부를 향해 아예 노골적으로 "만사가 불통"이란 비난의 막말을 던진다.

그때 등산복을 입고 해장술에 약간 취한 한 씨가 "그만한 일로 대통령까지 들먹임은 지나친 일"이라면서 추동일을 힐책하고 나선다.

그렇게 되어 그 전동차 안의 승객들이 점차 극명한 모습으로 좌·우파로 갈라지게 되고 티격태격 불꽃 튀는 이념 논쟁을 벌이는 형국으로 확대 된다. 이를테면 한 씨와 그의 죽마고우 김 선생을 비롯하여 민 노인과 안 노인 등은 소위 보수 골통인 우파가 되고, 추동일과 노조원인 강인구 내지 야당인 진보당원 문기남 등은 이른바 종북 좌파로서의 본색을 드러낸다.

한편 그 전동차 안에는 그날 오후에 명동예술극장에서 공연될 연극 〈제3공화국〉의 주인공 역을 맡은 배우 이정식이 그의 부인 김인실과 함께 승객이 되어 앉아 있었다. 그러니까 시시각각으로 개막 시각이 임박해지자, 이정식은 안절부절 못해 차벽을 두드리는 등 괴로운 몸부림을 치기도 한다. 그는 무려 십여 년간 무명 배우로만 살아왔는데, 오늘 처음으로 박정희 역을 맡은 주연으로 무대에 오를 참이었다. 그래도 전동차는 움직일 기미를 전혀 보이지 않는다.

승객들의 불안과 공포감은 극도로 고조되고, 그에 비례하여 가상적인 최악의 경우만 제시되다 못해, 모든 화두의 초점들은 결국 북한 김정은에 의한 핵공격의 가능성에 이르게 된다.

마침내 시인 정진영이 나서며 "함께 죽음을 각오해야 마땅할 최후의 순간을 맞았다"는 말을 하면서, "사람이 한을 안고 죽게 되면 저승에도 못가고 구천을 떠도는 잡귀가 되기에… 시급히 우리가 관객이 되어 이정식의 한풀이를 해줌이 좋을 것 같다"는 제의를 하기에 이른다.

그의 뜻이 수용되면서 모든 승객들이 관객이 되고, 이정식이 한 사람의 배우로서 박정희 역을 맡아 1968년에 핵무장을 결심하게 되는 동기 등을 긴 대사로 읊조리게 되면서 제1장을 마감한다.

제2장 역시 같은 상황으로 이어지는데, 이번에는 전동차 내의 모든 전깃불이 꺼져버리는 사태가 추가된다. 때마침 그 전동차 내에 있던 비구니가 배낭에서 양초갑을 찾아내어 촛불들을 밝힌다.

11

안 노인이 좌파 추동일에게 "사태의 전말이 어떤 것이냐?"고 묻게 되는데, 민 노인과 함께 그는 통진당 이석기의 RO 회합 녹음 기록 등의 예를 들면서 "지금 우리 전동차의 불시착이 친북 좌파들의 무슨 책동일 것이라"는 확신을 내비친 것이다.

그러자 추동일은 "비밀요원이 어떻게 비밀을 누설할 수가 있겠느냐?" 하는 등의 능청을 떨면서 자기가 좌파가 될 수밖에 없었던 집안 내력을 일러 준다. 말하자면 그의 집안은 박정희 정권시절 유신 헌법에 의한 긴급조치 위반 등으로 중앙정보부에 의해 심한 탄압을 받은 바가 있었던 것이다.

아울러 문기남도 조부가 지리산 공비로 죽어 갔기에 태어나면서부터 빨갱이 새끼로 살 수밖에 없었다는 사실 등을 고백하면서, 실은 자기가 무정부주의자에 가깝다는 말도 한다.

바야흐로 승객들은 별수 없이 절망감에 빠져들면서 죽음의 순간이 임박했음을 절감하기에 이른다.

젊은 시절에 월남전에 파병된 바 있었던 민 노인은 일삼아 혼혈남의 손을 잡아 주면서 "아버지가 당신을 본다 하더라도 못 나설 수도 있으리라"는 말을 해 주며 "흘러간 강물이 어떻게 오늘의 물레방아를 돌릴 수 있겠느냐?"는 말을 한다.

드디어 김 선생이 나서면서 "지금 이 순간, 여기에서 가장 안타까운 인물이 바로 탈북녀인 이지희가 아니겠느냐?"는 말을 하게 된다.

이를테면 자유와 인권이 유린 되었고 극심한 가난에 시달리다가 가까스로 사선을 넘어 한국으로 넘어 왔는데, 자유롭게 인간적인 꿈 한 번 펼쳐 보지 못한 채 죽어가게 되었다며 연민의 정을 표하고자 했던 것이다.

그러자 뜻밖에도 당사자인 이지희는 "이렇게 죽어감이 오히려 다행일 것 같다"는 자기의 심정을 실토하기에 이른다. 모든 승객들이 영문을 몰라 의아해하자, 그녀가 눈물겨운 고백을 한다.

사랑하는 사람이 자기 오빠와 함께 삼년 전에 탈북을 했고, 그들이 돈을 보내주어 브로커와 접선이 이루어졌고 두만강을 건널 수가 있었는데, 중국에서 만난 브로커가 악질이어서 자기를 어떤 변태적인 남자에게 팔아넘김으로 인해 지난 일 년간 몸을 망쳤다는 내용이었다. 그러니까 지금 자기 처지에서는 "정작 사랑했던 사람을 만나기가 두렵기만 하다"는 뜻이었다.

그때 안 노인이 이지희를 포옹해주며 "나도 이북 출신"이라는 말을 해 준다.

시인 정진영이 즉흥시로 「역설로 피는 꽃」을 낭송한다.

무대가 서서히 밝아지고, 모든 배우들의 액션이 스톱모션 되면서 막이 내린다.

제1장

조명 한 줄기가 떨어지면서 김현곡을 포착한다. 그는 가면, 즉 '잠이 든 자기 얼굴'을 움켜쥐고 무대 중앙에 서 있다.

김현곡　기원전 3세기 무렵. 중국의 전국시대(戰國時代). 그 당시 송나라의 도가 철학자 '장자'의 입에서는 호접지몽(胡蝶之夢)이란 말이 흘러 나왔다. 사람들은 나비의 꿈속에 들앉은 내가 장자인지… 장자의 꿈속에서 나비가 춤을 춘 건지 모를 경지가 그 의미라며… 그것이 물아일체(物我一體) 사상적 표현이 된다고도 했다. (히쭉 웃으면서) 나도 그와 비슷한 꿈을 꾼 적이 있었다. (관객들에게 가면을 들어 보인 다음 착용을 하고) 내가 꿈속에서 지하전철의 승객이 되었는지… (가면을 벗고) 서울시내 지하전철 속에서… 내가 꿈을 꾸었는지… 알 수가 없는 노릇이었다. (사이) 아, 나는 거창하게 무슨 인생관이나 세계관 따위를 탐구하는 철학자가 아니라… 그저 인간적 놀이를 무대 위에 그려보는 극작가이기에… 꿈속에서도 가까스로 드라마 한 편을 만들어 보았던 것이다.

김현곡이 가면을 착용하면 무대가 서서히 어두워진다.
잠시 후, 무대가 다시 밝아지고 보면 지하전철 안이 된다.
김현곡이 전동차 내의 승객들 틈에 끼어 앉아 있는데, 승객들의 위치는 대략 다음과 같다.

승객석의 오른편 앞쪽으로부터 뒤편 중앙 쪽으로는 민 노인, 안 노인, 한 씨, 김 선생, 김현곡, 이정식, 김인실, 정진영, 여전도사 등의 순으로 앉아 있다.

위의 승객석 맞은편이 되는 왼편 앞쪽으로부터 중앙 뒤쪽으로는 문기남, 추동일, 강인구, 혼혈남, 비구니, 이지희, 주상호, 청년1 등의 순이 된다.

그런데 러시아워가 아닌 오후 시간대에 속해 있어, 차내는 한산할 뿐만 아니라 어떤 승객들은 밀착되어 앉아있기도 하지만, 대체적으로 승객과 승객들 사이에는 빈 좌석들만 주르르 연결되어 있기도 하다.

말쑥한 슈트 차림의 이정식은 연극대본을 무릎 위에 올려놓고 명상에 잠긴 듯 조용히 눈을 감은 모습으로 안경을 쓴 김인실과 나란히 앉아 있다.

안 노인과 나란히 앉아 있는 민 노인은 무슨 신문을 읽고 있다.

삭발 머리에 승복을 입고 배낭을 무릎에 올려놓은 비구니는 두 눈을 지그시 감은 모습이며, 오른손으로 염주를 굴리면서 입속으로 끊임없는 염불을 하고 있다.

탈북녀 이지희는 사복형사인 주상호와 붙어 앉아, 호기심 어린 눈알을 굴리면서 연신 무슨 대화를 주상호와 마임으로 주고받는다.

점퍼 차림의 추동일은 스마트폰으로 누구랑 통화를 계속하고 있는데, 손짓과 함께 열변을 토하지만 마임으로만 묘사된다.

강인구도 스마트폰으로 누구랑 조용히 통화를 하고 있다.

여전도사는 십자가가 꽂혀 있는 가방을 둘러매고 전도용 전단을 한 묶음 손에 든 모습으로 통로 안을 어슬렁거린다.

나란히 붙어 앉아 무슨 대화를 나누고 있는 등산복 차림의 한 씨와 김 선생은 그들 좌우에 있는 공석 위에 큼지막한 등산용 배낭들을 올려놓았다.

한 씨는 마치 습관처럼 2홉들이 플라스틱 생수통을 들고 있다.

혼혈남은 승객들을 일일이 살펴보는 습관이 몸에 배어있는 모습을 보여준다.

정진영은 시인답게 초연한 모습으로 무슨 꿈이라도 꾸는 듯한 자세로 앉아 있다.

전동차가 한동안 정상적으로 달려가다가 급정거를 하기까지의 상황이 음향만으로 전해진다.

전동차가 급정거를 하게 되자, 승객들 모두가 '무슨 일이지?' 하고 의아한 표정들을 지운다.

잠시 후에 스피커를 통한 안내방송이 들려온다.

안내방송(E) 알려 드립니다. 알려 드립니다. 앞 차와의 안전거리 유지를 위해… 신당역을 출발한 본 열차가… 동대문 역사문화공원 역 진입을 앞두고 잠시 정차를 하고 있습니다. (사이) 앞차와의 안전거리 유지를 위해 본 열차가 동대문 역사문화공원 역 진입을 앞두고… 잠시 정차를 하고 있습니다. 승객 여러분께서는 조용히 제자리에서 기다려 주시기 바랍니다. 불편을 끼쳐 드려 죄송합니다.

강인구 (스마트폰의 작동이 멈춘 듯) 아니, 이 물건도 불통이잖아?

추동일 (스마트폰을 내리면서 분통을 터트리듯) 염병하네!

강인구와 추동일의 투덜거림은 그들만의 감정 표현일 뿐이고, 무대는 다시 조용해진다.

이윽고 청년1이 하품을 하고, 문기남이 한숨을 내쉬기도 하고, 주상호가 마른세수를 함으로써 승객들이 몹시 지루하고 따분함을 나타내는가 하면, 무대상의 분위기 또한 일종의 불안감과 의구심의 먹구름 속으로 빠져 드는 꼴로 나타난다.

민노인 (읽고 있던 신문을 무릎 위로 내리며) 또 무슨 사고라도 터졌다는 게야, 뭐야?

안노인 (민 노인에게)… 바쁜 일도 없는데 웬 호들갑인가? 오늘도 이천댁 히프나 티멘서… 그저 순대국에 소주 마실 일밖엔 뭐가 있네?

민노인 (가볍게 농조로) 나는… 객사가 싫어!

안노인 야! 민가야! 죽어지면 세상만사 허사랬어. 기깟 객사면 어떠렇고 안락사면 어떻다고 기래?

전도사 (중앙 통로에 서서) 하느님을 믿으시오. 우리 주 예수 그리스도! 우리 주 예수 그리스도를 믿으시고… 최후의 심판, 그날에 불벼락을 면하소서. 그리하여… 영생을! 영생을 누리시라.

이지희가 "저…" 하고 전도사를 향해 무슨 말을 걸어 보려고 하자, 옆자리의 주상호가 얼른 손짓으로 "절대 그런 짓은 하지 않는 게 좋다"라는 뜻을 전해 준다.

전도사가 다음 칸으로 옮겨 가려고, 무대 중앙 뒤편에 있는 출입구 도어의 손잡이를 잡고 갖은 애를 다 써 보지만 도어가 꿈쩍도 하지 않는다.

전도사 (도어에 등을 기대고 서면서 무슨 주문이라도 외우는 듯) 하느님을 믿으시오. 우리 주 예수 그리스도! 우리 주 예수 그리스도를 믿으시고… 최후의 심판, 바로 그날에 불벼락을 면하시라. 그리하여… 영생을 누리시라. 영생을….

언제나 그러하듯 전도사의 그런 식 노방전도에 관심을 갖는 승객이란 있을 턱이 없다.

잠시 후에 그녀는 슬그머니 오른편 가장 뒤쪽 좌석에 몸을 싣는다.

한 씨 (나팔을 불 듯 생수통으로 목을 축인 다음 역설조의 큰 소리로) 좋다! 까짓 거, 세월이 어데 좀 묵나? 그래. 자빠진 김에… 푹 쫌 쉬었다 가지, 머.

김선생 (한 씨 입술에 자기 오른편 금지손가락을 갖다 대면서) 학창시절 공중도덕 시간에… 쿨쿨 잠만 잤다는 거… 그걸 광고라도 하겠다는 거냐?

한 씨 (더 큰 소리로) 빌어묵을 지하철이… 이노뭐 분노조절 한계

치를 벗어났잖아? (하다가) 아, 니가 바로 중학교 국어선생 이제? 그라마 펏뜩 한 분 대답해 봐라. 잠시란 기… 대략 몇 분 정도란 말고?

김선생 문제는 시간이 아니라… 네놈의 분노조절 장치에 있는 것 같아.

한 씨 지랄한다. 니는 또 성인군자 티마 낼 끼가?

민노인 (마임으로 안 노인과 무슨 말을 주고받다가) 평생을 말단 공무원 으로 살아온 내가… 무슨 특별한 죽음 복을 원할 수야 있 겠냐. 그저… 가족들 모두가 지켜보는 가운데서… 조용히 두 눈을 감고 싶은 거겠지.

안노인 그런 거이 죽음 복이라며는… 있잖네? 다신 내 앞에서 입 도 벙끗 말라 야.

민노인 (몇 번 눈을 끔쩍이다가) 아하, (오른손으로 자기 머리통을 톡톡 친 다 음) 네놈이 삼팔따라지 출신인데… 그걸 깜빡 하고선… 내 가 그만 네놈의 염장만 질렀나보네. (무슨 변명이라도 하듯이) 이전에도 얘길 했겠지만….

안노인 또 그놈의 월남전이겠디?

민노인 그래. 파월장병으로… 정글 속에서… 참혹하기 이를 데 없는 베트콩의 시신들을 수없이 목격했기에… 그때부터 나는 '객사가 싫다' 하는 생각을 품게 되었던 것일세.

안노인 기러니까니… 잘 된 기야. 네놈이 내 임종도 좀 지켜 주라 마. 내 송장도 곱게 염해서리… 잘 좀 묻어 주고. 그럭하고 저승으로 건너 오라마. 내가 기다리고 있을 테니끼니.

민노인 헤! 어떤 놈이 저승행도 생일 순이라더냐? 이놈아! 내가 먼저 서거할지도 몰라.

안노인 (사방을 둘러보고 정색을 하며) 그나저나… 농담만 주고받을 때가 아닌 것 같다야. 이거 우리레 지옥행 전철을 탄 거 아니가?

민노인 야, 이놈아! 그렇게 방정맞은 소리는 함부로 하는 법이 아니다. 잠시 전력송출 라인에 가벼운 문제가 생길 수도 있고… 신호체계에 약간의 이상이 생길 수도 있질 않겠어?

안노인 내레 지난밤에 희한한 꿈을 꾸어서 기래. 있잖네? 빨가벗은 에미나이 한 년이 (손짓으로 누굴 부르는 시늉을 해 보이며) 요렇게 해서리 쫓아가 보니까니…하, 순식간에 그 에미나인 오간 데 없어지고… 나 혼자 멍청한 꼴로 거기 서 있질 않았잖어? 거기가 어디냐 하면… 있잖네? 지옥이었어야. 살모사에 능구렁이는 물론이고… 코브라에 아나콘다 같은 온갖 뱀들이 똬리를 틀고 앉아 나만 (손짓으로 흉내를 내며) 요렇게 노려보딜 않갔어?

민노인 (미소를 띄우고) 그 꿈… 해몽 한 번 해주랴?

안노인 어디 한 번 해 보라마!

민노인 요즘 네놈 물건이 영 신통찮은 탓일세.

안노인 그거이 또 무슨 소리가?

민노인 네놈 건축업자로… 악착같이 돈만 보고 뛰어다닌 결과… 졸부가 되긴 했겠지? 대형 빌딩도 서너 채 네 손 안에 넣었으니.

안노인　기거이 뭐 어때서?

민노인　그래도 짠돌이 네놈은⋯ 팁도 없는 화대만 억지 춘향 격으로 지불하고⋯ 영계 같은 아이 하날 사긴 했는데⋯ 오호, 통재라. 죽은 듯 푹 퍼진 네놈의 그 물건이 도대체 대가리 처들 생각도 하질 않으니⋯ 어쩌겠어? 본전 생각에 화도 치밀고 해서⋯ 남몰래 스트레스만 네놈 가슴 속에 가득 쌓이고 말았다는 게지.

안노인　야, 야! 내레 꿈자리보다⋯ 네놈의 그 해몽이란 거이 더 더러워야.

추동일이 일어나서 무대 중앙 뒤편으로 걸어가 전동차에 설치되어 있는 SOS, 즉 비상 인터폰을 들고 통화를 시도해 보지만 불통인 모양이다.

추동일　(비상 인터폰을 팽개치듯 하면서) 염병할! 나가 이럴 줄 알았단 게. 박근혜가 청와대 마담이 되고서부터⋯ 영 통할 줄을 모른단 말시. 모조리 불통이랑게, 불통! 세월호 참사로 물을 먹고⋯ 얼렁뚱땅 만들어 낸 고놈의 국민안전처도⋯ 버얼써 탈이 났지라.

이지희가 놀랍다는 표정으로 주상호에게 무슨 말을 건다. 주상호가 대꾸해 주지만 그들의 대화는 마임으로 진행된다.

한 씨   (한동안 참으려고 자기 딴엔 애를 쓰다가 이윽고 추동일을 향해 삿대질을 하면서) 보소! 젊은 친구요. 박근혜가 무슨… 통화담당 여직원인교? 그깟 인터폰이 먹통이마…"잠시 불통인갑다" 하마 될 거 아인교?

뜻밖의 일격에 추동일이 어처구니가 없다는 듯 한동안 한 씨를 무섭게 째려보다가 이리저리 거닐기 시작한다. 한 씨의 반응에 대처할 방법이라도 찾고 있는 듯하다.

이지희   (주상호에게) … 하나원에서 듣긴 했지만… 지금 저는 제 눈과 귀를 의심하지 않을 수가 없소요.

주상호   자본주의 사회란 게 이렇다니까요. 민주주의 체제란 게 원래 시끄럽기 마련이고.

이지희   그래도… 대통령의 존함을 어떻게 함부로 입에다 올릴 수가 있습미까?

추동일   (무슨 결심이라도 선 듯 한 씨에게 손가락질을 하며 다가선다) 하고 잡은 말 다 했소?

한 씨   (다소 당황하여) 하고 잡은 말?

추동일   당신… 알코올 중독이 4기쯤은 되지라? 그래서 깜빡 깜빡 하는 모양인디… 나가 충고부텀 한마디 해야겠소, 잉. 사람이 고로코롬 실없이… 함부로 촐랑대다가는 좋지 못한 뒤끝을 만날 수도 있지라. 요즘 세상이 쪼게 험하당께.

한 씨   뭐라꼬? 내가 촐랑댔다꼬? 하고야, 인자 본이… 당신이 바로 전철 속의 정청래구마. 막말의 귀재.

김선생 (한 씨의 허벅지를 차면서) 나이 값!

한 씨 (김 선생의 손을 내리치면서) 시끄럽다. 귀때기 새파란 놈이… 겁대가리도 없이 기선제압 작전으로 나오는데… 내가 으째 밀릴 수가 있노? 내 사전에 그런 일은 있을 수 없다.

추동일 (한 씨에게 다가서면서) 워매, 참말로… 사람 환장하게 만드네요, 잉, 뒷집 똥개를 부르듯이… 감히 정청래 의원님의 존함꺼정 들먹이면서?

김선생 (일어나 추동일을 막아서며) 이봐요, 젊은 친구! 당신이 누군지는 모르겠소만… (한 씨를 가리키며) 봐 봐요. 이 친구가 당신 맏형뻘은 충분히 되질 않겠소? 옛날 같으면 아빠뻘도 될 것이고.

추동일 (뒤돌아서면서 혼잣말처럼) 염병할! 바빠 죽을 지경인디… 에느 놈이 장유유서까정 따져가며 산다요?

한 씨 또 염병?

김선생 (한 씨에게) 자네도 제발! 해장술에 좀 취했기로서니… 나이조차 까먹었단 말인가?

한 씨 기가 막혀! 나도 염병이다. 개아들 같은 놈한테… 나이 값은 무슨?

추동일 (휙 뒤돌아서며 한 씨에게) 개아들은… 바로 개새끼란 말인데… 참말로 당신 고로코롬… 일일이 토를 달아 보시것소?

한 씨 뭐라? 내가 일일이 토를 달았다꼬?

추동일 이해력이 한참 부족하시네요, 잉. 나가 요점 정리를 해 드리자면 말시. 난 박근혜가 저 청와대에서 쫓겨 날 때까지… 세상에 무서울 것이 없는 사람이요. 지금도 서울시청 앞 광장으로 가는 길인께… 이자 알아들었소?

한 씨가 나서려 하자 김 선생이 손짓으로 그를 제압해 놓고, 애써 손짓과 표정 등으로 추동일도 달래고 제지 시켜 자기 자리로 돌아가게 만든다.

추동일 (김 선생의 만류에 못 이긴 척 자기 자리로 돌아가다 말고 통로에 우뚝 서서 모두 들어 두라는 듯이) 나가 추동일인디… 추동일이 누구냐? 거두절미하고 말해서… 전과가 무려 사범이요, 교도소를 처가 집같이 들락거린 국가사범이지라. 혀서 결론을 내리자면… 요렇코롬 된단 말이요. 이자 자격요건은 충분한 게… 운만 닿으면… 나가 갈 곳이 바로 (손가락질을 하며) 저게 여의도란 게. 나도 여게 금뺏지 하나 달고서 연봉 이억 원에 칠 명이나 되는 보좌관을 거느리는 갑이 되야서… 이백 가지쯤 되는 특권을 한 번 누릴 수도 있단 말이지라. 염병할! (자기 자리로 가서 앉는다)

한 씨 (생수통으로 입술을 적신 다음 혼잣말처럼) 하이구! (오른손 주먹을 들어 보이며) 운다, 울어! 그노무 집행유예 때문에… 오늘도 피맛을 몬 보는구나.

김선생 (자기 자리에 앉으면서) 참는 놈한테 복이 있다는 말… 알고 있잖아?

한 씨   (김 선생의 말에 개의치 않고) 더러붜서 똥을 피하득히… 웬만
하마 눈을 깜거나… 그 뭐꼬, 웅, 묵언수행 쪼로 꾹 꾹 참
아 준 사이에… 하이고야. 쓰레기 같은 좌파 새끼들이 쫙-
쫙 코드를 맞춰갖고… 우리 사회를 아쭈 통째로 접수해
버렸은이. 그기 분해서 내는 몬 살겠단 말다. 그런 기 분해
갖고 (주먹을 쳐들어 보이며) 이걸 좀 휘둘렀는데….

김선생   누가… 좌파척결의 선봉장으로… 자넬 임명이라도 했단
말인가? 소시민은 그저 소시민답게 살아야지, 중뿔나게
시대적 대세에 맞서 봤자 손해만 본단 말일세.

한 씨   지랄 말어! 내는 시민들의 그런 정신상태가 싫탄 말다. 무
조건 싫어! 나서야 할 때는 우리도… 좌파 떼거지들 맹키
로 일떠서야 하는데…우파새끼들은 노상 비 맞은 중놈들
맹키로… 그저 뒷전에서만 궁시렁궁시렁….

김선생   자넨… 언제쯤 그놈의 욱 하는 성질을 버릴 텐가? 죽을 때
까지 폭행치상 어쩌고저쩌고… 구치소나 들락거리면서
건달로 살다 말 거야? 자네 부인은 한평생 주방장에… 요
즘은 식당 주인 노릇까지 겸하느라 눈코 뜰 새도 없이 바
쁜데….

한 씨   또 지랄! 내 마누라는… 그냥 냅두라꼬 안 하더나?

웃음기를 띄운 김 선생이 한 씨의 손을 잡으면서 마임으로 그와
대화를 계속한다.

민노인 (혼잣말처럼) 세상사 온통 한심지사뿐이라… 가끔은 전두환 시절의 그 삼청교육대가 그리울 때도 있다니까. 전과자에 반국가 사범들이 큰소리 땅 땅 치는 꼴을 대할 때마다… 놈들을 깡그리 사로잡아 지옥훈련장으로 보내고 싶은 마음이 꿀떡 같이 일더라는 말일세.

안노인 가만히 보면 놈들의 행동거지는… 언제나 우리들의 상상력을 뛰어 넘디. (추동일을 가리키면서) 좀 전에 우리가 본 저 친구의 튀는 언행도 우연히 그렇게 나온 거이 아니다. 유유상종을 노린 계산 하에서… 일종의 노이즈 마케팅으로… 자기를 알리자는 고등수작을 부린 거이 아니가서?

민노인 (안 노인의 말을 무시한 채) 어느새 반공은… 꼴통 보수들의 푸념이 되다시피 해 버린다… 친공에 종북에 반미까지 외쳐대야만 그럴듯한 진보세력으로 우대를 받게 되었으니.

안노인 결국 데 노무새끼들은… 사회 불안을 만들어야만… 저희 존재감을 느낄 수가 있댔어. 그런 거이 적화통일을 위한 밑바닥 전술이 될 거이고.

추동일, 강인구, 문기남 등이 자연스럽게 민 노인과 안 노인의 대화에 신경을 곤두세우고 귀를 기울이고 있다.

손목시계를 거듭 보던 이정식은 초조함과 불안감을 이기지 못해, 심호흡을 계속해 보다가 오른손으로 자기 가슴을 치기도 한다. 그래도 참을 수가 없는지 그는 대본을 김인실에게 넘겨주고 통로로 나와 이리저리 거닐어 보기도 한다.

청년1도 손바닥을 부비는 등의 행동으로 안절부절 못하는 모습을 보여준다.

민노인   허기사 대통령이 나서서 돗자리를 깔아 주었으니… 우리가 무슨 말을 보탤 수가 있겠어? 대권 도전 4수만에 기어이 그 뜻을 이룬 김대중이 앞장을 섰고 노무현이가 그 뒤를 이었으니… 칠푼이 같은 그 노무현이가 이천삼 년도에 십육 대 대통령이 되었을 때… 그때부터 빨갱이 족속들이 아예 점령군처럼 나타났었잖아? 얼굴들을 빳빳이 쳐들고… 진상조사니 뭐니 하는 오만 가지 위원회를 만든 다음에 무슨 무슨 위원이란 완장들을 꿰어 차고서… 걸신이라도 들린 듯이 저희 밥그릇들만 착실히 다 챙기는 한편으로… 미운 털 박힌 보수진영 인사들을 몽땅 골로 보내는 작업들을 자행하려 들지 않겠어?

안노인   그더 국무총리로 한명숙이 같은 예편네를 앉혔으니… (하다가) 아니다. 이석기 같은 지하 공작원한테 국회진출의 기회까지 만들어주질 않았갔어? 야권통합 어쩌고저쩌고 하는 야로를 부린 다음에… 쓱싹 쓱싹… 영락없는 야바위꾼들의 솜씨를 발휘해서리….

민노인   한명숙이란 그 여자… 선량하고 수더분한 여편네 같았는데… 실은 아주 새빨간 골수분자였다지?

안노인   몰랐었네? 그 예편네 남편이 바로 일구육팔 년도 통혁당 간첩사건에 연루되었던 박성준이야. 그는 징역 십오 년에 자격정지 십오 년을 선고 받았더랬디. 그는 그 형을 꼬박 다 살고서리 출옥 했어야. 그럭하고서도… 전향을 하딜 않았으니… 참말로 디독한 사람이디 않았간?

민노인 그래서 그 여펀네가 구둣발로 태극기까지 짓밟았겠지? 노무현이가 투신자살 했을 때… 그 분향식장에서.

안노인 기랬디. 그때도 좌파들은… 광우병 파동으로 혼줄이 난 이명박이가… 복수심에서 수사를 지시했네 어쩌네 하면서… 명박이 정부를 욕했더랬는데… 기렇다면 말이디. 명박이 사진을 짓밟았어야디, 와 태극기를? 그거이 사리에 맞질 않았갔어?

추동일 (일어서면서 일부러 엉뚱한 곳을 향하며) 어디선가 "칠푼이 같은 노무현"이란 소리가 들렸는디?

강인구 (역시 일어나) 아주 악랄하게 한명숙 총리님을 헐뜯는 목소리도 들은 것 같은데?

그러다가 추동일과 강인구가 얼굴을 마주 대한다.
민 노인과 안 노인도 얼굴을 마주 대한다.

추동일 (사방을 두리번거리며) 어느 누가 감히… 위대하신 우리 노무현 대통령님 존함 앞에… 칠푼이란 형용사를 갖다 부쳤소?

한 씨 (일어나며 추동일을 향해) 보소! 젊은 친구요,

추동일 위매, 또 성님이?

한 씨 어느 분이… 대통령 이름 앞에 '칠푼이'란 수식어를 갖다

부쳤다면… 좌우단간에 그건 좀 지나치다는 말은 할 수가 있을 것 같소. '몬 나도 울 아부지… 몬 나도 울 어문이'라는 말이 있은이.

민 노인이 헛기침을 한다.

한 씨   (민 노인을 향해 머리를 숙여 준 다음) 그란데….

추동일   그란데요?

한 씨   있잖은교? 대통령질까지 해묵은 사람이… 유사 이래 처음으로 탄핵소추꺼정 받은 바도 있고… 퇴임 후에는… 또… 투신자살꺼정 감행했기에… 좌우단간에 그런 사람을 향해 갖고… '위대하다'는 표현까지 갖다 붙인다는 것도… 모양새가 영 아닌 것 같질 않겠는교?

추동일   (한 씨를 향해 비아냥거리는) 사기 성님께서는… 또 야리꾸리한 토를 달고 나오시는데… 워매, 이러다 우리가 미운정까정 들고 보면 어쩔 것이오?

한 씨   내 귀짝도 뚫려 있고… 언론의 자유가 헌법으로 보장 되어 있은이… 으짜겠노? 하던 지랄은 계속 해봐야제. 내는 어떤 노미 무서봐서 할 말도 몬 하고 살던 놈이 절대로 아닌 기라.

추동일   그래서 지랄꺼정 해 보실 참이다 이런 말씀이지라?

한 씨   왜냐 하마… 이렇게 된다는 말다. 노무현이를 '칠푼이 대통령!' 하고 몰아붙이마… 그쪽에 투표했던 국민들도 고마 칠푼이가 되고 마는 기라. (민 노인을 향해 다시 꾸뻑 한 다음) 내 말이 틀림 없제? 그때는 내도 등신맹키로 노무현이를 찍어 줬은이 하는 말다. 그라고 또 안 있나? 경상남도 봉하 마을 뒷산에 있는 부엉이 바위 위에서… 부여 백마강의 그 역사적인 삼천 궁녀 맹키로… <u>스스로</u> 몸을 날려 죽어뻐린 전 대통령을 향해갖고… 으째 위대하다는 말까지 갖다 부칠 수가 있단 말고? 자살은 절대로 위대한 행위가 몬 되는 기라. 기독교적 교리에 의하마 자살은 엄청시런 죄악행위가 된다꼬. 내 말에 틀림이 없을 기다. (앉는다)

추동일 하, 어느 틈에 말꺼정 탕 놓아 버렸네요, 잉?

전도사 (잠꼬대처럼 앉은 자리에서) 할렐루야!

김선생 (한 씨의 역성을 들어 추동일을 향해) 유교적 윤리관에 비춰 보더라도… 자살은 당연히 불효막심한 죄가 된다네. 신체발부는 수지부모라 했거든.

문기남 (소리치듯) 잠깐만요. 내 두 귀도 열려 있어… 도저히 참을 수가 없어요. 아주 쌍나팔로 어불성설들을 연주하시는데… 여보세요. 뭘 좀 제대로 아시고서 나팔을 불던지 북들을 치시란 말입니다. 노무현 대통령님의 죽음은… 자살이 아니라 타살이란 말입니다. 타살! 온갖 치사한 방법들을 다 동원해 가면서 어거지로 대권을 잡은 명박이가… 그 권력을 남용해 가며 자기 정당성을 부각시키려고… 아예 혈안이 되어 전직 대통령 압살작전을 전개하느라… 근거도 증거도 희박한 뇌물이니 뭐니 하는 꼬투리를 만들어서… 정치적 보복행위를 자행했단 말씀입니다. 그러니까 노무현 대통령님은 마지막으로 남은 자존심과 인간적인 품격을 지키기 위해… 어쩔 수 없이 그런 선택을 할 수밖에 없었단 말씀입니다.

한 씨 하이고. 어데서 억시기 많이 들어 본 궤변 타령이구마.

문기남 뭐라구요, 궤변 타령?

한 씨 그런께 역사와 자기 양심 앞에 떳떳한 사람이… 와 자살까정 한단 말인교? 국회 청문회장에서 증인으로 나온 전두환 전 대통령한테 명패까지 냅다 던지면서 고함을 쳤고… 지역주의 타파한다꼬 떨어질 줄 뻔히 아는 선거구에서도 국회의원으로 입후보를 할 만큼…노무현이 깡다구가 쎄다는 거는 세상이 다 아는 일이었는데?

강인구 (문기남의 대꾸가 궁해진 틈을 타서 사방을 둘러보며) 잠깐만요. 나도 도저히 참을 수가 없네요. 도대체 한명숙 총리님의 부군까지 싸잡아 악랄하게 헐뜯으신 분은 또 누구십니까?

민 노인과 안 노인은 또다시 서로 얼굴을 마주 보며 기가 막힌다는 표정을 교환한다.

민노인 (은밀한 어조로) 역시… 삼척이 상책이란 말 같네. 봐도 못 본 척! 들어도 못 들은 척! 내가 할 말은 없다는 척!

안노인 (오른손을 살짝 들어 보인 다음 강인구 쪽을 향해서) 내레 노무현 전 대통령과 한명숙 전 총리를 싸잡아 좀 비판을 했디. 비난이나 욕이 되었대두 하는 수 없고. 뭐이 잘못 되었네?

안 노인의 대범한 태도에 놀란 듯 강인구가 오히려 움칠한다.

추동일 (강인구를 찜쩍거린 후) 어르신은 뉘신지?

안노인 (흥분된 어조로) 알고 싶네? 말해두디. 내레 6.25전쟁 중에…
일사후퇴 시에… 공산당을 피해서리 일곱 살짜리 어린 몸
으로 월남을 했더랬지. 외삼촌 손에 이끌려… 기래서 디
금도 공산당이라면 치를 떨 수밖에 없는 사람이 되고 말
았어야. 내레 똑똑히 보았으니까. 아바디가 지주라면서
리… 황해도 신천 아네? 거 신천군 인민위원장을 하던 놈
이 원래 머슴살이 하던 놈인데… 그놈이 내 아바디를 처
형하는 그 현장에서. 그놈이 붉은 완장을 찬 놈들 한 무리
를 끌고 나타나서는 말이야, 엉? 총알이 아깝다면서리…
닛본도로 아바지 가슴을 마구 찔렀더랬어.

정진영 (일어나서 안 노인을 향하며) 어르신. 진정하십시오. 고령에 흥
분은 위험하다고 했습니다.

민노인 (안 노인) 그래. 자네 혈압도 높잖아?

정진영 어르신의 말씀을 듣다 말고… 저는 우리나라 현대사를 읽
어 보는 느낌을 받았습니다. 어머님의 친가도 북쪽이었으
니까요.

안노인 우리가… 아직도 남아 있는 6.25전쟁의 증인이 되겠디.
종북 세력들은 6.25가 남한에 의한 북침이란 망발까지 일

삼는 모양인데… 그 손바닥으로 어떠렇게 하늘을 가리겠다구 그러는지 모르갔어. 6.25는 김일성의 작전명령 제1호에 의한 남침이었어.

추동일   (강인구에게 은밀한 속삭임으로) 꼴통 보수들은… 애시당초에 상대할 가치조차 없단 게요. 북한을 북한식으로 이해하는… 내재적 접근법을 도통 모른단 말시.

강인구   하긴 돌멩이에 무슨 불을 붙일 수 있겠습니까?

추동일   (강인구에게) 당신도 혁명동지 같은디… (손을 내밀어 악수를 청한다. 그들 악수를 교환한다) 반갑소, 잉. (명함을 찾아 내민다) 우리 통성명부터 혀야겠소.

강인구   (명함을 받아 본 다음) 오, 언론일선에서 과업을 수행하고 계시는 추동일 동지? 여러 가지 닉네임으로… 각종 사이트 내지 나꼼수 채널 등을 주름잡고 계시더군요. (자기 명함도 찾아 내밀며) 앞으로도 연계 투쟁 잘 해보십시다. 저도 지금 노동자의 권익쟁취를 위해 시청 앞 광장으로 가던 길입니다.

추동일   (강인구의 명함을 받아 보고) 아, 접때 민노총의 광화문 시위현장을… 뒤에서 주도 하셨던… 그때는 저들의 차량을 마흔 대 가량 때려 부셨지라. (한 다음 사방을 둘러 본 다음 혼잣말처럼) 앞으로 한 번만 더 내 귀에 노무현 대통령님을 폄하하는 말소리가 들리면… (잭나이프를 꺼내 들고 장난삼아 휘둘러 보인다)

문기남   (자기 명함을 강인구와 추동일에게 건네주면서) 나도… 동지들의 대오에 합류 하리다.

강인구   (문기남과 명함을 교환하면서) 오… 선생이 바로?

문기남　(자기 입술에 손가락을 갖다 대며) 쉿! (한 다음 할 말을 대신하여 강인구와 추동일을 포옹한다)

이윽고 추동일, 문기남, 강인구가 포옹을 풀고 각자의 자리로 되돌아 가 앉는다. 침묵의 순간들이 이어진다.

안노인　(민 노인을 향해) 친노 좌빨들이 점 조직으로… 사회 구석구석에 침투 되어 있다더니… 실감이 나는구만, 기래?

민노인　(고개를 끄덕이며) 오늘 우리는… 그야말로 우연히… 아주 지근거리에서 놈들의 적나라한 생리를 목격했구먼. 진돗개처럼 한 번 물었다 하면 절대 놓아 줄줄 모르고… 투신을 했다 하면 광신도가 되기 마련이라더니.

안노인　그뿐만도 아니디. 지령을 받았다 하면 놈들은… 까마귀도 금방 하얀 새로 둔갑시킬 작전들을 전개하디. 그더 김현희 사건을 생각해 보라. 팔팔올림픽 일 년 전에… 미얀마 안다만 해역 상공에서 카-알기를 폭파했던… 천인공노할 그 테러. 백십오 명이나 되는 탑승객들이 한꺼번에 몰살을 당한 참극이었잖네? 다행히 범인 김현희가 아부다비 공항에서 체포되었고… "내가 김정일이 명령을 받아 범행을 자행했다"는 자백을 해서리 사형선고까지 내릴 수가 있었잖네? 그래도 그 에미나이를 역사적 증인으로 삼기 위해서리 살려 두질 않았어? 기랬는데 노무현 정권 하의 좌파 아이들은… 폭파범 김현희가 가짜라는 생 공작쇼를 벌리기 시작하질 않았갔어? 일부 언론매체 소속 좌파들이 얼굴에 철판을 깔고서리 앞장을 서자… 양두구육을 닮은 가톨릭 교단의 정의구현사제단도 맞장구를 치기 시작했고… 통진당의 이정희 남편도 변호사로 나서며 가세를 했고.

민노인 놈들의 공작은… 너무나 은밀하고 집요해서 이승복이까지도 다시 죽이고자 했었지. 육팔년도 강원도 계방산 중턱에 살았던 어린이로 무장공비들의 습격 앞에서 "공산당은 싫어요" 했다가 무자비한 죽음을 당했다는 게 엄연한 사실이었는데… 그것도 당국에 의해 날조되었다는 논리를 조작해서는.

안노인 하여간에 있잖네? 놈들은 저 평양이 할 일들을 한 치의 오차도 없이 대행하려 들었지비. 알고 보면 뻔-한 거짓말인데… 모르는 사람들은 깜박 속게 되어 있어… 가볍게 볼 수만도 없는 일이고. (하다가) 아니다. 거짓말도 연거푸 듣게 되면… 점차 믿게 된다는… 그 심리전의 반복기법으로 국민들을 기만 하면서리… 남남 갈등을 유도하고 불신풍조를 전파하려는 거였디비.

한 씨 (돌출행동처럼 일어서면서) 승객 여러분! 보다 몬해… 몬난 지라도 나서갖고… 잠깐 실례를 하는 기 좋겠다는 생각이 들어갖고… 이렇게 불쑥 일어나 봤심더.

모든 승객들의 시선이 한 씨에게 쏠린다. 특히 김 선생은 마음을 졸이면서 한 씨를 지켜본다.

한 씨　　그런께 원인도 모룰 무슨 사고 땜에… 이노무 지하전철이 의자에 달라붙은 껌딱지 맹키로 한 자리에 꾹 눌러 붙어 버렸고… 또… 굉장히 수상쩍은 좌파 쪽 청년들이 겁대가 리 하나 없이 거칠게 나오는 바람에… 우리들의 스트레스 가 팍팍 올라갔고… 그래갖고 분위기가 살벌해진 것이 사 실일 것 같았심더. 지 말이 맞을 깁니더. 하지만도… 불안 해서 벌벌 떨거나 두려뷔서 숨을 죽일 필요까지는 없겠심 더. 촌놈 맹키로 생겼지만도… (주먹을 들어 보이며) 지가 귀 신을 때려잡던 해병대 출신입니더. 지난밤에도 (김 선생을 가리키며) 부랄 친구 이노마하고 달빛을 벗 삼아 저 소백산 줄기를 탔단 말임더. (배낭에서 등산장비의 일종인 나이프를 꺼내 보이며) 내한테도 이런 기 있심더. (앉는다)

안노인　　(새삼스레 진지한 태도로 민 노인에게) 가만! 우리가 이 전철 안 에서는 최고령자 같으니까니… 생각을 좀 정리해 보자우.

민노인　　무슨 말인가?

안노인　　그러니까니 이 전철이 디금 요꼴로 푹 퍼진 까닭도… 좌 빨들의 무슨 작전에 따른 거이 아니갔어? 그렇지 않간?

민노인　　(잠시 생각에 잠겼다가) 그럴 리가 만무하단 대답도… 차마 못 하겠구먼.

안노인　　그렇디? 기래. 대법원 판결로 해체된 통진당을 알고 있잖 네? 평양 지령에 따라 움직였다는… 그 정당의 실세… 이

석기가 주재했던 알오 회합하며. 우리 측 공공시설의 파괴공작 지시 등이… 그들의 녹음기록 속에 노골적으로 적시되어 있딜 않았갔어?

민노인 (추동일 쪽을 가리키며) 그러고 보니 정체불명의 저놈들이 안하무인격으로 설치는 꼬락서니들도 예사롭지가 않았어.

민 노인과 안 노인의 대화는 마임으로 진행된다.

비구니 (나직한 어조로 외우는 염불이 입 밖으로 새어 나온다) 관세음보살 나무아미타불.

전도사 (마치 잠꼬대처럼) 할렐루야

이지희 남조선은 종교의 천국이라더니… 빈말이 아닌 것 같습미다.

주상호 교회 없는 골목이 전국 어디에도 없고… 절이나 암자 없는 산골짝 또한 전국 어디에도 없다고들 했죠. 심지어 종교망국론을 주장하는 정치인도 생겨났을 정도니까요.

이지희 저쪽은… 김일성 핏줄만이 신적 존재이고… 숭배의 대상임미다.

주상호 어떤 학자는… 우리의 민족성이 신앙적 기질로 변한 까닭도… 외침이 잦았던 탓이라 하더군요. 항상 불안감에 사로잡혀 가슴을 조이며 살아야 하니… 당장 믿고 의지할 초능력적 존재를 찾을 수밖에 없었단 뜻이겠죠. 유사 이래 일천 여회나 외침을 당했으니까요. 수십만 건에 달하는 북쪽의 도발은 그만 일상이 되다시피했고요.

이지희   듣고 보니 그럴 듯도 하긴 합미다.

주상호   또 어떤 사람들은 잦은 외침 때문에… 사대주의가 생겨
났다고도 했습니다. 그리고 외국인에 비할 때… 우리나라
민초들의 정치적인 촉각 역시 유별나게 발달할 수밖에 없
었다고도 했고요.

이지희   북쪽에는 그런 거 없습미다. '당에서 하라면 우리는 한다'
야요. 인민들한테 자기생각이란 있을 수가 없습미다. 있어
도 말 못함미다. 하루도 빠짐없이… 인민들을 전투로 몰
아 부치기에만 바빴습니다. 이 전투가 끝나면 저 전투. 모
내기전투가 끝나면 김매기 전투하고, 200일 전투가 끝이
나면 70일 전투를 하고… 북쪽의 김 씨 왕조는… 하루도
빠짐없이… 인민들을 그더 전투대형으로 몰아 부치기에
만 바빴습니다.

주상호   그래도 신통한 건… 다양한 종교가 혼재를 하면서도… 종
교 간의 분쟁이 거의 없는 나라가 우리나라뿐이라고도 했
습니다. 이슬람국가들은 다 같이 알라신을 신봉하면서
도… 시아파니 수니파니 하고 종파 간의 분쟁이 그칠 줄
을 모르는데.

혼혈남   (비구니를 향해 서투른 합장을 하면서) 스님.

비구니   (혼혈남에게 답례를 하면서) … 말씀 하십시오.

혼혈남   옛날부터… 저는 궁금하게 여겼습니다. 언젠가는 꼭 한
번… 누구한테 물어 보고 싶었는데… 관세음보살나무아

미타불… 그게 무슨 뜻인지요?

비구니　네에. 이 몸과 마음을 관세음보살님한데 의탁하고… 아미
타불님한테도 귀의하겠단 뜻이랍니다.

혼혈남　관세음보살님은… 어떤 분이신데요?

비구니　그분은 모성애 같은 자비의 화신이랍니다. 항상 어디에
나 계시다가… 오탁악세 속의 가련한 중생들이 당신을 부
르시면… 즉시 응해 주신답니다. 그분이야 말로 중생들의
현세적 번뇌를 가장 잘 해결해 주실 수 있는 능력을 지녔
답니다.

혼혈남　저한테는… 보살이란 말도… 낯설기만 합니다만.

비구니　아, 보살님이란… 부처로 화할 경지에 올랐음에도 불구하
고… 중생에 대한 사랑으로 인해… 모든 중생의 구제가
끝낼 때까지… 부처가 되길 유보한 화신들이십니다.

혼혈남　아미타불님은?

비구니　극락에 머물면서 불법(佛法)을 설하시는 부처님이에요.

혼혈남　친절하게 일러 주셔서… 감사합니다.

비구니　(합장으로 답례를 하며) … 감사합니다.

혼혈남　이제 관세음보살님과 아미타불님한테… 기도를 좀 해 주
십시오. 스님. "이 전철이 빨리 좀 움직이게 해주십시오"
하고. (자기 손목시계를 보면서) 저는 서울 주간신문 기자님과
만날 약속이 되어 있는데… 조바심이 나서 아주 미칠 지
경이랍니다.

비구니　(합장을 한 모습으로) 모든 승객들이 그 같은 심정에 사로 잡

혀 있을 거예요. (염불로) 관세음보살나무아미타불. (오른손으로 염주를 굴린다)

김인실   (주저주저 하다가 비구니를 향해) 스님. 이런 질문 실례가 되겠지만유. 스님은 무슨 사연으로 입산을 하게 되셨남유?

비구니   미안합니다. 그런 질문에는 대답을 해드릴 수가 없습니다.

김선생   (혼혈남에게) 당신은… 한국인이 아닌 것 같소만?

혼혈남   저는 베트남에서 온 사람입니다.

민 노인과 안 노인이 대화를 끊고 혼혈남에게 관심을 집중하기 시작한다.

김선생   그런데… 우리말을 썩 잘 하십니다.

혼혈남   어릴 때부터… 어머니한테 배웠습니다.

김선생   그럴만한 사연이라도 있었나 봐요?

혼혈남   아버지를 찾게 되면… 정다운 대화를 나눠 보려고요.

김선생   아버지?

이윽고 승객들 대부분의 관심이 혼혈남에게 쏠린다.

혼혈남   저는 아버지를 찾아… 한국에 세 번째로 온 사람입니다. 아버지는 사십 여 년 전… 월남전에 파병되었던 한국의 육군병장이셨습니다.

김선생   아, 말하자면 당신은… 라이따이한이군요?

혼혈남 그렇습니다.

김선생 안타까운 일이지만… 현재 베트남에는 일만여 명의 라이 따이한이 살고 있다는 기사를 읽은 적도 있습니다만?

혼혈남 아무도 그 숫자를 정확히 파악할 수는 없을 거예요. 월남 이 공산화 될 때… 수많은 난민들이 보트피플이 되어 전 세계로 흩어졌는데… 그 과정에서 많은 사람들이 바다에 빠져 죽거나… 낯선 땅에서 굶어죽기도 했을 테니까요.

김선생 (한숨처럼) 그동안 아버지를 향해… 많은 원망을 하셨겠 군요?

혼혈남 아닙니다. 아버지를 원망할 마음이 추호도 없었습니다. 뿐 만 아니라 아버지한테 무슨 도움을 청할 생각도 해본 적 이 없었습니다. (사이) 단지 만나보고만 싶었습니다.

김선생 과연 그 말이 진심일는지 모르겠군요?

혼혈남 왜냐하면 우리 부자(父子)의 운명은… 베트남과 한국의 기 구한 현대사가 남긴 인연이기 때문입니다. 저는 단지… 하루 빨리 어머니의 눈물겨운 그리움을 풀어 주고만 싶었 습니다. 지금도 사이공 시내에서 대형 비어홀을 경영하시 는데… 어머니는 날마다 아버지를 그리워하며 흘리시는 눈물을… 남몰래 훔치기에만 바빴습니다.

정진영 아! 당신의 진솔한 고백은… 마치 한편의 서정시와도 같군 요. 지금 이 내 가슴 속에는 너무나 애틋하고 짠한 감정의 파도만이 일렁이고 있답니다. (손수건으로 자기 눈가를 훔친다)

혼혈남 (정진영을 향해 목례로 답해주고 품속에서 흑백사진 한 장을 끄집어낸

다) 이게 아버지의 그때 모습인데… 한 번씩 봐 주시겠습
니까?

김 선생이 손을 내밀자 혼혈남이 사진을 들고 가서 건네준다. 김
선생과 함께 한 씨도 그 사진을 보고, 정진영도 일어나 거기로 가
서 사진을 눈여겨본다. 사진을 지켜 본 사람들이 다 함께 낯설다
는 표정만 지우자, 혼혈남이 사진들 되돌려 받고 다시 자기 자리
로 가서 앉는다. 정진영도 자기 자리로 돌아가 앉는다.

김선생 불행히도 내 주위에는 그런 분이 없군요. 하지만 하루속
히 아버지를 만날 수 있기를… 진심으로 빌겠습니다.

정진영 우리말에 지성이면 감천이란 말이 있는데… 정성이 지극
하면 뜻이 꼭 이루어진다는 뜻이랍니다.

혼혈남 (목례와 함께) 두루 감사합니다.

안노인 (민 노인을 찝쩍거리며 은밀한 어조로) 민가야, 날래 (혼혈남을 가
리키며) 한 번 가 보라마. 저 젊은이가 네놈 사진을 가진 거
같잖네?

민노인 또 실없는 소릴 한다!

안노인 실없다니? 이놈아! 뻔질나게 네놈이 자랑했댔어야. 월남
에서 부대 근처 민가의 꽁까이 한 년을 꼬여서 남몰래 재
미 많이 봤다하고. 그럭하구 네놈이 귀국할 무렵에는…
임신이란 말까지 들었다고 했잖네?

민노인 (쓰디쓴 어조로) 흘러간 냇물이 어떻게… 오늘의 물레방아를

돌릴 수가 있겠냐?

안노인   호호호, 늘그막에… 또 다른 에미나일 감당할 재간도 없고… 가정풍파를 이겨낼 자신도 없다는 말이겠다? 네놈의 그런 처신에 박수를 쳐야할지 꿀밤을 먹여야할지 모르겠디만.. 저 친구 사연을 듣고 보니… 내 가슴도 몹시 아파지는데….

이정식   (손목시계를 보고 있다가 일어나 참다못한 듯 뒤돌아서서 출입문을 탁 탁 치면서) 아! 이렇게… 이렇게 속수무책이라니?

김인실   (일어나 남편을 다독거리며) 여보! 진정하세유.

이정식   (뒤돌아서며 울 듯한 표정으로) 오늘 무대에 오를 수가 없다면… 내 인생은 쫑이 나고 마는데?

김인실   (이정식을 보듬듯 감싸 안아 주면서) 설마 하나님이 그토록 매몰차시려구유? 전철은 곧 움직일 거구만유.

이정식   하나님이… 마치 이놈의 지하철 운행까지 관장하신다는 말 같구료?

김인실   하나님은 전지전능하시대유. 세상의 모든 일을 다 아실 뿐만 아니라… 못 하실 일 또한 없으시대유.

전도사   (불현듯 잠에서 깨어난 표정이 되어) 수고하고 무거운 짐 진 자들아, 다 내게로 오라. 내가 너희를 쉬게 하리라. 나는 마음이 온유하고 겸손하니… 나의 멍에를 메고 내게 배우라. 그리하면 너희 마음이 쉼을 얻으리니, 이는 내 멍에는 쉽고… 내 짐은 가벼움이라 하시니라. 수고 하고 무거운 짐 진 자들아, 다 내게로 오라. (작가주: 마태복음 11장)

이정식 (흡사 전도사의 말에 대꾸라도 하듯) 하나님은 나한테 매정하기 짝이 없었소. 지난 십여 년간 실로 혹독하게 나를 시험해 보셨을 텐데… 그간 내가 일용한 양식은 각종 라면뿐이었고… 나의 잠자리는 악취만 물씬 풍기는 극단 사무실의 한쪽 구석이다시피 했고… 먹을 것이 없어 걸핏하면 단식까지 해야 했는데… 아, 무려 5년간… 당신과 사랑을 하면서도 모텔비가 없어 차마 만나지 못한 날들 또한 그 얼마나 많았는지. 가까스로 한 돈짜리 금반지를 교환하면서… 세상에서 가장 작은 결혼식을 올려야만 했는데… 결혼 후에도 우리는… 자식을 양육할 자신이 없다며… 밤마다 그놈의 콘돔부터 찾기가 바빴는데… 아직도 하나님은 날 외면만 하고 계시다니….

문기남 (이정식을 향해 신경질적으로) 여보세요. 지금 우리가 왜… 그 따위 넋두리를 들어야 합니까? 좀 조용히 하자구요. 조용히! 누군 뭐 할 말이 없고… 터트릴 분통이 없어… 잠자코 앉아 있는 줄 아시오?

이정식 (울고 싶은데 뺨을 얻어맞았다는 기분이 되어) 잠자코 있지 않으면… 당신이 뭘 어쩌겠단 말이오?

김인실 (이정식을 만류하며) 여보, 당신이 참아유! 승객들 모두가… 지금 신경들이 바늘 끝처럼 곤추서 있을 거예유.

문기남 꼴값 떨지 말란 말이오. 꼴 값! (중얼거리듯이) 그 꼴에 무슨 예술가인 척… 배우인 척?

김인실 (이정식에 앞서 문기남을 향해 발끈) 여보세유. 이이가 언제 배우인 척… 예술가인 척 했남유?

강인구 (문기남을 도우는 조롱조로) 쯧쯧! 요즘 같은 동영상 시대에 어떤 년놈들이 무슨 연극들을 관람하실까. 이왕이면 탤런트나 영화배우 노릇을 해야지. 그래, 가수노릇을 하려면 싸이 같은 케이팝 가수가 되든가. (싸이의 '강남스타일'의 말춤 안무를 흉내 내 보인다) 이런 거.

이정식 (강인구를 향해 냉소 투로) 당신들은 역시… 무모함을 용기로 알고… 천박함을 솔직함으로 착각들 하시는군요.

문기남 (빈정거리듯) 좋소. 당신이 진정… 우리들의 배우로 인정받고 싶다면… 그리고 우리의 대응이 억울해서 미치겠다면… 어디 '임을 향한 행진곡'이나 한번 불러 보시오.

이정식 (코웃음을 친 다음 시니컬한 어조로) 그렇게 시시한 노래 보담야… 이런 노래가 낫질 않겠소? (노래로) '높이 들어라 붉은 깃발을 그 밑에서 굳게 맹세해.'

추동일 워매, 당신… 위대한 배우가 틀림이 없네요, 잉?

문기남 (놀라움에서) 당신이 어떻게 '적기가'까지?

이정식 지피지기면 백전백승이라 하질 않았소? 적을 제압하려면 당연히 적을 알아야겠죠.

문기남 그 말은… 당신도 결국… 우파에 속한다는 뜻이로군요?

이정식 나는 배우라고 했잖소? 배우! 때로는 거지가 될 수도 있고… 때론 대통령도 될 수 있는 연기자. 물론 극좌파나 극우파 역할을 할 수도 있겠죠.

문기남 아, 그랬던가요?

김인실 오늘 오후 세 시. 명동 예술극장에서는 역사극 〈제3공화국〉이 개막공연 될 거예유. (자랑스럽게) 이이가 그 작품의 타이틀 롤이고… 박정희 역으로 등장할 배우님이 될 거예유.

김선생 (자기 손목시계를 보고) 아니… 그렇다면 지금 시각이 개막 5분 전인데?

이정식 그래서… 지금 제 온몸의 피가 역류를 하고 있단 말씀입니다. 지금 제 인생이 송두리째 무너지는 중이라고요. 미치지 않으려고 나는 지금… (자기 양 손으로 자기 가슴팍을 탁탁 친다) 별의별 몸부림을 다 치고 있단 말씀입니다.

김인실 (이정식을 보듬어 주며) 여보.

이정식 (울 듯한 표정으로) 시간은 자꾸 흘러… 흘러만 가는데… 빌어먹을 전차는 꼼짝달싹도 하질 않으니… (발을 동동 굴리며) 아! 어쩌면 좋겠소, 어쩌면? 모든 출연진과 스텝들이 나를 찾아 눈알이 다 빠졌을 텐데… 객석을 가득 채운 관객들이 굳게 막이 닫힌 무대만 지켜보고 있을 텐데? 오늘은 또 수많은 여야 정치인들도 로열석을 다 채웠을 텐데?

이지희 (주상호에게) 나 좀 보시라요. 대통령 역할을 하실 배우님이… 어떻게 전철을 타고 다닙네까?

주상호 북에서는… 예술가도 노동당의 선전 선동 일꾼이라… 당연히… 후한 대우를 받을 수가 있겠죠. 하지만 여기서는… 모든 예술행위도 시장 원리에 따른 문화상품에 불과하답니다.

김인실　여보! 그렇게 자꾸 시계만 보질 말아유.

추동일　(입맛 쓰게) 박정희라? (이정식을 향해) 듣기가 쪼게 거북하겠지만… 있잖소, 잉? 나는… 하고 잡픈 말은 좀 혀야 직성이 풀린께 어쩌겠소?

이정식　뭡니까, 또?

추동일　나가 볼 때… 그 무엇이냐, 그런 삼류 연극은 무산이 되어야 마땅하단 말이지라.

이정식　(발끈) 당신은 지금 상처난 데… 소금까지 뿌리고 싶단 말이오?

추동일　아니고라. 박정희란 말만 들어도 소름부터 끼치는디… 하필이면 와 그와 같은 꼴통 보수의 원조를… 뭐 땀새 시방 재조명 하겠다며… 그 난리를 치신다요? 김대중 선생님 일대기다 하면… 또 모를 일이지라.

추동일의 말에 충격을 받은 듯 김현곡이 잠깐 가면을 벗었다가 다시 쓴다.

이정식　(후– 후 하고 심호흡을 하면서 억지로 분노를 자제한 다음) 그런 건 기획자나 연출가 선생님한테 물어 보시오.

추동일　배우님께서는… 노코멘트 허시겠다?

이정식　내가 할 수 있는 말이 전혀 없을 수야 없겠죠. 박통이야말로 공산당의 속내를 누구보다 빠삭히 아셨던 분이라는 거. 한때는 남로당 당원이기도 했으니까요.

추동일　　그랬게… 박정희가 파악한 공산당이란 어떠했단 말씀이요?

이정식　　공산당은… 한 마디로… '미친개'였소.

추동일　　워매!

문기남　　공산당이 미친개라?

이정식　　천구백칠십육 년도 여름… 저 판문점 부근에서는 이른바 도끼살인 사건이 터졌답니다. 소위 공동경비구역 내에서. 인민군 삼십 여명이… 우르르 미친 듯이 도끼를 마구 휘두르며… 미루나무 가지치기 작업을 감독하는 미군 장교 두 명을 살해한 만행이었소. 그 소식을 접한 박통이 분노하시다 못해 "미친개한테는 몽둥이가 제격이라"는 말씀과 아울러 평양진격작전까지 수립했던 거요.

한 씨　　(이정수에게 종이컵을 내밀며) 기분도 꿀꿀하실 거 같은데… 한 잔 마셔 보겠는교?

김인실　　(엉겁결에 종이컵을 받아 들며 한 씨에게) 고마워유, (한 다음 이정식에게) 여보! 냉수라도 한 잔 마셔 봐유!

이정식　　(종이컵을 받아 홀짝 좀 마시다가) 이건 생수가 아니라?

한 씨　　맞심더. 소줍니더.

김인실　　네? (종이컵을 빼앗듯 하며 이정식에게) 당신은 무대에 오를 분이신데?

이정식　　(한 씨에게) … 선생은 불난 집에 부채질까지?

한 씨　　그러케 내를 나쁜 놈으로 보시마… 쫌은 섭합니더. 마, 안 될 일은… 죽어도 안 되는 법입디더. 흙수저를 물고 나온 노미… 으째 금수저 물고 나온 놈을 따라 잡을 수가 있겠

48

는교? 그리고 이열치열이란 말도 있심더. 화는 화로 다스
려라. 천불이 날 때… 독한 놈뒈 소주를 몇 잔 마시고 보
마… 금방 심신이 녹자지근해지면서… 근심 걱정이 안개
처럼 사라지기도 하는 법입디더.

김선생 (이정식을 향해) 이 친구 본래 악의라곤 없는 사람이니까…
그 술잔에 무슨 악의가 담길 리는 없습니다.

김인실이 들고 있는 종이컵을 이정식이 낚아채어 단숨에 소주를
마셔버리고 컵을 다시 내민다.
김인실이 빈 종이컵을 한 씨에게 되돌려 준다.

정진영 (통로로 나섰다가 비상구를 확인해 보기도 하고 도어 작동을 점검해
보기도 한 다음 박수를 치며) 잠깐만… 잠깐만 이 사람한테도
주목을 좀 해주시지 않겠습니까?

모든 승객들의 시선이 정진영에게 집중된다.

정진영 바람 앞의 풀잎처럼… 숨어서 반짝이는 밤하늘의 저 잔별
들처럼… 저는 연약하기 짝이 없어 보이는 한 사람의 시
인에 불과합니다. 독자들한텐 사적 감정과 정서를 주관적
인 시각에서 열정적으로 노래하는 정진영으로 알려져 있
고… 지금 저는 서정시 한 편을 낭송하고자… 한국 시인
협회 정기총회장으로 가던 길인데… 여기서 그만 발이 묶

인 것입니다.

문기남 나는 「겨울공화국」을 노래한 시인… 양성우 씨를 잘 알고 있소.

정진영 (문기남을 향해 손짓으로 조금만 자제해 달라는 표현을 한 다음) 저는 지금 예민하기 짝이 없는 시적 감수성에 의한… 한 사람의 예언자적 입장에 서서 감히 한 말씀을 드리고자 합니다. 비록 인류 최후의 날을 미리 밝힌 바 있는 노스트라다무스 같은 천재적인 예언가는 못 된다 하더라도… 저는 예민한 육감에 감지된 상황 판단만은 솔직히 전해드릴 수 있는 능력쯤은 지녔다는 말씀입니다. (침을 꼴깍 삼키고) 결국… 차마 입에 담기조차 거북한 말씀이 되고 말았습니다만… 모두가 설마 설마하면서 외면하다시피 한 그 말 한마디. 네. 상황이 너무나 심각하고 엄중하며 절박하기에… 저는 그 어떤 비난과 지탄이 뒤따를지라도… 한갓 시를 읊는 마음으로 한 말씀을 드리고자 합니다.

한 씨 (응수하듯 박수를 친 다음) 그라마 한 말씀… 펏뜩 좀 읊어 보이소. 우리는 지금 물에 빠진 사람들맹키로… 지푸라기라도 붙잡고 싶은 심정에 매달려 있질 않겠는교?

정진영 (목청을 높여) 그러니까 우리는… 우리는 지금… 인정하고 싶은 이 하나 없을 테지만… 바로 '최후의 순간'을 맞이했단 말씀이외다. '최후의 순간'!

승객들은 각자의 판단에 따라 정진영의 말에 긍정적인 표정을 짓

50

기도 하고, 부정적 반응을 나타내기도 한다.

이지희 (주상호에게) 무슨 뜻입네까?

주상호 좀 더 들어 보십시다.

정진영 (스스로 도취된 듯) 스마트폰 등 모든 전자기기들도 불통이 되어 버렸고… 안내 방송이 사라진 지도 오랜 전이고… 좌우 전후의 각 출입구들도 용접이 되어버린 듯 굳게 차단되었을 뿐만 아니라… (비상인터폰을 가리키며) 비상인터폰조차 그 기능을 상실하고 말았습니다. 시급히 구조요청을 해야 할 판에 에스오에스 시스템 자체가 작동 불능이 되어 버렸단 말씀입니다. 설마 설마하면서 가슴만 조여 왔는데… (밖을 가리키며) 아, 드디어 우리는 지금… 영원과 통하고 있는 저 암흑과 고요 속에 유폐되고 말았단 말씀입니다.

자아도취에 빠진 듯한 정진영의 언행과 태도는 어느 코미디언을 연상시켜 주기도 한다.
승객들이 창밖의 어둠을 지켜보기도 한다.

청년1 선생님의 말씀은… 우리가 곧 죽게 된다는 거 같은데… 싫어요! 그런 말은정말 싫단 말예요.

정진영 물론 싫을 것입니다. 진실로 죽음을 반길 사람은 이 세상에 별로 없을 테니까요. 하지만… 죽음을 피할 수 있는 사람 또한 어디에 있을 수가 있겠습니까?

청년1　오늘 아침 생전 처음으로… 나는… 울 엄마가 행복한 미소를 지우는 모습을 지켜보았는데… 오랜 백수생활 끝에 겨우 일자리를 잡았고… 그리하여 신입사원 환영식장으로 출근하는 나의 모습을 지켜보신 엄마는 "이젠 한시름 놓았다"면서 나를 껴안고 모처럼 뽀뽀까지 해주셨는데… 아, 그런 엄마를 다시 볼 수가 없단 말씀인가요?

한 씨　(정진영에게) 가만히 본이 당신… 틀림없는 엉터리 시인이구마. (자위의 심정으로) 앞차랑 안전거리 유지를 위해갖고… 지하철은 간혹 이렇게 멈출 수도 있고 (밖을 가리키며) 저기는 깊은 땅속이라… 늘 저러케 어둡고 적막한 법이 아니겠는교?

추동일　(한 씨를 향해) 전깃불이 오락가락 하드키… 사기 성님이 모처럼 옳은 말씀도 한마디 하셨네요, 잉.

한 씨　(정진영을 향해서) 그리고 멀쩡한 대낮인데… 가만이 본이 당신… 이십 일 세기 과학문명 시대에… 택도 없는 공포분위기를 조성해 놓고… 무슨 시집이락도 한 분 팔아 볼 작정인교? 여보시오! 시집은 국회의원 뺏지나 달고 난 다음에 팔아 묵기로 하소, 고마.

전도사　할렐루야!

정진영　죽음이란… 영원한 침묵이며 끝 모를 심연일 텐데… 그 문전에서… 과연 어떤 바보가… 무엇을 바라고서 시집을 판매하려 들 수가 있단 말씀입니까?

한 씨　(자신이 없는 어조로) 저승길에도 노자돈은 필요한 기라.

정진영　가령 선생이 말씀하신 그 공포 분위기… '우리가 지금 저 승의 문지방을 밟고 서 있다'는 그 사실이… 허언이 아닌 진실이라면… 시인은 눈물을 머금고서라도… 시를 읊어야 하지 않을는지요?

민노인　(정진영을 향해) 여보게. 시인 선생. 오늘 나는 (안 노인을 가리 키며) 이 친구 전화 받고 해장술도 못 마시고 허겁지겁 집을 나선 사람일세만… 최후의 순간이란 그 말은 좀 지나 친 것만 같네. 그렇게 방정맞은 예언을 함부로 하는 법이 아니란 말일세.

안노인　암. 좀 전에 (민 노인을 가리키며) 우리가 군소리로… 임종이네 송장이네 하는 농담을 좀 주고받긴 했디만… 우리나라가… 그더 세계 십위 권에 진입한 경제대국인데다… 세계 일류 의 IT강국인데… 지하전철이 잠시 멈추었다고 해서… 당장 절망감에 젖어 최후의 순간 어쩌고저쩌고 한다는 것은 지 나친 단언이자 지나친 비관적 판단에 속하지비.

정진영　자고로 시인이란… 날카로운 감수성과 준엄한 역사의식 하에서… 그리고 예언자적 위치에서 노래하는 사람들이 라 했습니다. 뿐만 아니라 진정한 시인은 사즉생, 즉 죽기 를 각오하며 살 수 있는 용기 또한 겸비하지 않을 수가 없 다고도 했습니다. 왜냐하면 몽매한 대중이란 항상 그것이 어쭙잖은 현실이지만… 거기에 안주하기만을 바라는 보 수성향을 지녔기에… 그들을 일깨워 줄 노래 불러 줄 사람은 오직 시인뿐이라고도 했습니다.

한 씨 (김 선생에게) 졸지에 우리가… 몽매한 대중으로 전락했구마.

정진영 아, 모름지기 시인은… 위정자나 가진 자들… 또는 성직자연 하는 위선 자들이… 추악한 욕망과 사리사욕에 눈이 멀어… 은밀히 자행하고 있는 온갖 불의나 갑질들을 향해… 사회정의 내지 진실이란 이름으로… 무서운 질타의 화살을 날려야 하는 사명을 띠고 태어난 사람들입니다. 죽음도 수용하리라는 용기와 기백을 겸비하지 못한 시인은… 시인 축에 들 수조차 없었던 것입니다. (문기남을 향해) 양성우 시인은 그 엄혹한 군사정권 시절에도 〈겨울공화국〉이란 시를 읊었고… 그리하여 교사직에서 쫓겨난 그는 방랑객이 되기도 했던 것입니다.

문기남이 정진영을 향해 오른손 엄지손가락을 들어 보인다.
나머지 승객들은 대개 뜨악한 표정들만 짓고 있다.

정진영 (흡사 독일식 웅변조로) 설사 우리나라가 일류 선진국에 경제 대국이라 할지라도… 아, 우리 대한민국은… (마치 피라도 토할 듯) 아, 불행하게도 우리 대한민국은… 이 지구상에 현존하는 유일무이한 분단국가임을 어찌 잊을 수가 있으리요? 너무나도 비극적인 이 사실을 누가 감히 부인할 수 있단 말씀입니까?

한 씨 (박수를 치며) 틀린 말은 아이구마.

정진영 엎친 데 덮친 격이라. 북쪽의 저… 독재권력… 김일성의 손자 정은이란 놈은… 끔찍하기 이를 테 없었던 저 이차대전의 원흉… 독일 히틀러의 아바타로 자처라도 한 듯… 원폭 실험과 유도탄 발사에만 광분하면서 남쪽과 미국을 향해 온갖 공갈, 협박만 일삼고 있질 않겠습니까?

한 씨 그런이 결론이 뭔교? 정은이가 기어이 그놈의 장사정포라도 갈겨 댔고… 그리하야 우리 서울 하늘에서 소형 핵탄 두라도 터져버렸단 말인교?

전도사 할렐루야.

정진영 '절대 그럴 리 없다'는 단정을 지울 수 있는 분은… 또 누구십니까?

승객들은 한동안 말문이 막혀서 멍해진다.

이지희 (자신도 몰래 말문이 터진 듯) 그더 정은이 그놈은 충분히 그럴 수가 있는 아새낍네다. 자기 친 고모부 장성택이까지 기관총으로 공개 사살하질 않았습네까? 그 아새끼레 매사를 그더 즉흥적으로 결정하고… 세상살이 경험이 짧아서리… 겁대가리가 전혀 없는 문제압네다.

모든 승객들의 시선이 이지희에게 쏠린다.

강인구 말투로 보아… 당신은 탈북한 아가씨 같은데?

이지희   (아차 하는 마음에서 공무니를 빼는) 내레 조용히 앉아 있겠습네다.

문기남   조국을 배반한 여인이구면.

이지희   (사이 두었다가 폭발하는 듯한 어조로 문기남을 향해) 북조선을 조국으로 여긴다면… 선생님이야 말로… 조국과 민족을 배반하고 있습네다.

주상호   (손짓으로 이지희를 제지하며 은밀한 어조로) 너무 고깝게 여기질 말아요. 사상과 양심의 자유가 허용된 여기에선… 날이면 날마다 별 거지같은 말들도 수없이 들으면서 살 수밖에 없으니까요.

문기남   (눈치껏) 아, 그러니까 탈북한 여성동무는… 형사님과 동행으로 사회생활 실습을 나오셨군요?

추동일   (이지희에게 마치 경고하듯이) 아가씨도 입조심을 하시는 게… 신상에 이로울 것 같은디요?

이지희   그런 말 하디도 마시라요. 내레 맨발로 두만강을 건넜고, 여기까지 오는 동안 몇 번이나 죽었다가 되살아났습네다. 그까짓 죽음이란 두렵지도 않다는 말씀입네다.

잠시 사이.

혼혈남   결국 우리는 지금… 미로 속에 갇혀 버린 짐승 꼴이 되고 말았으니… 옥신각신… 티격태격해야할 까닭조차 없을 것 같은데요?

김선생 (박수를 치며) 전적으로 동의합니다. 싫든 좋든 우리는 함께 죽을 운명에 처한 꼴이 되어 버렸으니까요.

한동안 숙연한 침묵의 순간들이 지나간다.
정진영은 통로를 거닐며 무슨 생각에 깊이 빠져있는 모습을 보여 준다.

민노인 젠장맞을! 그놈의 햇볕 정책이… 디제이가 내세운 그놈의 인도주의적 포용정책이란 거. 그것이 빈사상태의 북쪽을 되살린 꼴이 되어 버렸지 뭔가. 겨우 숨을 되돌린 정일이 는 또… 마피아적 발상으로… 비대칭 전략을 설정하고 그 놈의 핵무기 개발에만 몰두하게 되었으니.

안노인 세상사를 너무 기렇게 편협한 시각으로만 보딜 말라, 우 리가 무너지길 고대했던 김 씨 왕족들은 건재하면서리… 불쌍한 우리 동포들만 떼죽음을 당하기 시작 했는데… 어 떻게 같은 핏줄로서 우리가 그냥 두고만 볼 수가 있었 갔네?

민노인 역사적 전환기에는… 별 수 없이 희생이 뒤따르기 마련이 라고도 했네.

안노인 (고개를 가로 저으면서) 희생도 희생 나름이겠다. 구십년도 중 반기에 나타났던 북조선의 그 고난의 행군 시기에는… 무 려 삼백만이나 되는 주민들이 굶어 죽어 갔대잖아? 3백 만. 쥐꼬리보다 볼품이 없다던 그놈의 배급제까지 중단되었고… 북조선 천지에 굶어 죽은 시신들과 꽃제비들만 득실거렸댔잖네?

민노인 글쎄, 그때 우리 측에서… 독한 마음으로 두 눈을 딱 감고 일이 년만 그냥 두고 봤더라면… 빌어먹을 주석궁이 무너지고 말았다는 말일세. 이건 내가 지어낸 억측이 아니라… 김영삼 정권 말기에 귀순한 황장엽 선생이 했던 말씀이야. 북조선 최고인민회의 위원장을 역임했던 그분의 진단이 그러 했었다니까.

한 씨 어떤 사람은… 그때 디제이가 수백억 원을 헌납하면서 평양에 들어가게 되었고… 난쟁이 똥자루를 닮은 정일이 그 놈을 한 분 안아 준 댓가로… 노벨평화상을 탔다꼬도 합디다.

문기남 (한 씨에게 들이대듯) 아니 지금 무슨 뚱딴지같은 말씀들을 주고받는 겁니까? 김대중 대통령의 햇빛정책이 잘 못 되었다는 결론에 박수들을 치시자는 거예요? 아닙니다. 아녜요. 그 햇빛정책을 이어 받은 정부가 지금까지만 지속되었더라도… 지금쯤은 우리의 소원인 남북통일이 되었을 거란 말입니다. 문제는 오년마다 대통령이 바뀌어야 하는데 있고, 불행의 단초는 노무현 대통령의 뒤를… 명박이와 근혜 같은 골통 보수정권이 이어받은 데 있었단 말입니다.

한 씨 (문기남을 향해) 끼짓 거… 적화통일이라도 좋다라꼬 한다면 야… 당신의 억측도 틀리지는 않을 기요.

정진영　(자기 머리를 휩싸 쥐며 절규하듯) 아, 무려 반세기… 오십년을 지나… 장장 칠십여 년간 고착이 되어 버린… 우리 민족의 분단… 이 처연한 민족상잔의 비극이여. 흡사 천형처럼 우리 한민족이 감내할 수밖에 없었던 일천만 이산가족들의 뼈저린 아픔이여, 원한이여. 이 비극… 이 아픔이야말로 현존하는 지상 최대의 비극일 터. 가령 통일된 어느 국가 내에서 오늘 우리가 맞이한 이와 같은 최후의 순간이 도래했다면… 시민들은 모름지기 저마다… 아름다운 오색 무지개 색깔의 개인적인 꿈의 좌절들이 서럽다며… 눈시울들을 적시련만….

전철 안이 조용해진다. 김인실이 망연자실한 듯한 표정으로 자기 자리에 앉아있는 이정식을 향해 손 부채질을 해 준다.

정진영　(무릎을 꿇고 두 손을 모아 쥐고) 신이시여. 굽어 살펴주옵소서. 최후의 이 순간 앞에서도… 하찮은 시민들의 입에 오르내리는 이 엄청난 무게의 정치적인 화두들을 언제까지 당신께서는… 언제까지 두고만 보시렵니까? 과연 지상의 어느 국가에서… 아직까지도 이토록 첨예한 이념적 갈등에 휩싸인 민족을 보셨나이까?

김선생　졸지에 우리가 또 하찮은 시민으로 추락을 했네.

한 씨　손톱 밑의 가시 같은 존재로… 정은이가 살아 있는 한… "우리한테 진정한 평화는 없다"라는 말이 맞긴 할 기라. 그때 일구구사 년에 말다. 클린턴이 북한 영변의 핵시설 폭파작전을 수립했을 때⋯ 영삼이가 무조건 오케이 했어야 했는데⋯ 그랬으마 지금 우리가 이렇게 핵공포에 휩싸여 벌벌 떨면서 살아가지는 않아도 됐을 긴데⋯

김선생 당신 재임 기간에⋯ 제발 전쟁만은 피하고 보자는 무사안일주의를 선택했던 거겠지.

한 씨 그런께 영삼이도 적당히 대통령 질이나 해 묵고 말겠다는 생각을 했다가 아이엠에프까지 끌어들이게 된 기라. 아, 명박이도 그랬제? 이천십 년 가을에 정은이 놈이 불장난을 시작했고⋯ 저 연평도가 불바다 되었을 때⋯ 그때가 북쪽의 주석궁이니 뭐니 하는 핵심시설들을 조져 버릴 수가 있는 절호의 찬스였는데⋯ 병신 같이⋯ 시이오 출신이랍시고 무슨 계산들만 하느라꼬 우물쭈물 하다가는 고만⋯ 실기를 해뻐리고 말았던 기라. 침략에 맞선 공격이어서 국제 여론들도 우리의 북폭에 대해 찍 소릴 몬 할 입장이 되어 있었는데⋯ 그때 명박이가 북폭 명령만 내렸다면 (엄지손가락을 곧추 세워 보이면서) 이기 될 수도 있었는데⋯

김선생 우리 대통령들이야⋯ 자나깨나 아메리카 눈치를 안 볼 수도 없었을 테니⋯ 운신의 폭이 좁을 수밖에 없었다네. 한미연합사령관의 재가 없이 우리 국군들은 소총 한 방도 제멋대로 쏘아댈 수가 없으니.

한 씨 시끄럽다. 그런 말은 안 있나? 사대주의 근성에서 나온 변명에 불과한 기다. 세종대왕이 언제 명나라 지원이나 후

원을 받아 갖고 한글을 창제했더나? 명나라 재가를 얻어 갖고 하늘을 관측했더나? 그라고 말 많은 당상관들의 추천을 받아갖고… 천민에 불과한 장영실이를 등용해서 천상시계를 발명했더나? 그런 기 아이다. 자고로 위인들은 안 있나? 그렇게들 당대의 상식이나 그 터부들부텀 깨트리고 보는 법인기라. 고 박정희 대통령도 그랬제. 박통이 고속도로를 깔겠다꼬 했을 때… 자칭 거물 정치인 누가 박수라도 한 분 쳐준 줄 아나? 아이다. 영삼이는 물론이고 대중이도 고속도로 건설에 무조건 반대 한다꼬 공사장으로 쫓아가서 들어 눕기까지 했더란 말다.

청년1 (한 씨를 향해) 만약 선생님이 대통령이 된다면… 금방 전쟁이 터지고 말 것 같아요.

한 씨 하이고. 전쟁을 두려뷔하는 그 사회적 심리라는 거… 그기 문제 중의 문제가 되는 기다. 우리가 싫어 한다꼬 전쟁이 안 일어날 줄 아나? 우리가 전쟁을 두려뷔 한다는 걸 알아 갖고… 정은이 놈이 협박, 공갈에 이어 마구 불장난을 해쌓는 기라. 항상 전쟁을 각오하고 있다가 여차 하면 보복전을 전개하는 이스라엘을 좀 보라꼬.

이정식 (손목시계를 보다가 일어서며 신파조로) 아, 바야흐로 내 인생은… 종을 치고 말았네요. 오늘 석간의 헤드라인 뉴스로… 이런 팩트가 떠오르겠군요. "연극 〈제3공화국〉의 공연 무산. 주연배우 이정식의 원인 모를 불참의 결과."

김인실 (이정식을 따라 일어서서) 여보! (운다) 저도 이젠 하느님을 원망하면서 살 수밖엔 없겠네유. 나는 당신이 스타가 될 날만 꿈꾸면서 살아왔는데… 당신 뒷바라지를 위해 소프라노 가수라는 내 꿈도 접었고… 헤어 디자이너가 되어서 말 많은 여편네들 비위만 맞추면서… 어렵게 살아 왔는데…

정진영　(마치 새로운 시상이 떠오르기라도 한 듯 박수를 쳐서 관심을 모은 다음) 세상사 내지 인생사는 원래 이렇듯… 우연에서 우연으로 점철되기 마련이라 했던가요? 알고 보면 세상사가 필연이라 했지만… 우리는 그런 사실을 꿰뚫어 볼 신통력을 갖지 못했으니 하는 말씀이외다.

문기남　(정진영을 향해) 시인선생께서는 아직도 못 다 푼 너스레가 남아 있단 말씀이오?

정진영　어차피 우리는 지금… 밀폐된 공간 속에 갇혀버린 새떼처럼… 단지 최후의 순간만을 기다리고 있을 뿐이겠죠? 천구백사십오 년에 일본 히로시마의 시민들 십사만 명과 나가사끼 시민들 칠만여 명이… 어느 일순간에 아무런 영문도 모른 채 죽어가야만 했듯이… 우리도 어느 순간 그렇게 속절없이 죽어가야만 해야겠죠?

강인구　(시인을 향해) 하, 점점 세게 나오시는군. 기어이 정은이가 구슬치기라도 하듯이 원자폭탄을 실은 유도탄 발사의 버튼을 눌렀다는 말이라도 하고 싶단 말이오?

정진영　(고개를 가로 저으며) 정작 제가 하고픈 말은 그런 것이 아닙니다. 최후의 순간을 맞은 우리가… 네 탓 내 탓 타령이나 계속 하면서… 쓸데없는 좌우 이념적 논쟁에 몰두 하거나… 울며불며 단말마적 발악만 할 것이 아니라…

한 씨   단말마적 발악만 할 기 아이고?

정진영   고요하고 평화롭게 최후의 순간을 맞이할 방법을 찾도록… 우리 함께 고민들을 집중해 봄이 좋겠다는 말씀을 드리고자 합니다. 적어도 저는 줄곧 그런 생각에만 젖어 있었답니다.

김선생   근사한 무슨 아이디어라면… 당신이 찾아내야 하질 않겠소? 당신이 유일한 이 자리의 시인이신데?

정진영   정말 그렇게 생각하십니까?

김선생   이실직고 하자면 나도 이념적 갈등에는 신물이 나있던 사람이었소. 인간을 위한 이념이지… 이념을 위한 인간존재가 될 수 없는 법인데… 왜 인간이 어떤 이념의 노예로 살아야 한다는 건지?

정진영   좋습니다. 저는 (이정식을 가리키며) 여기 계시는 이 배우님을 보면서… 뜻밖의 영감을 얻을 수가 있었습니다.

이정식   나를 보면서?

정진영   (사이 두었다가) 결론부터 말씀 드리자면… 우리 모두 관객이 되어… 이 불운한 배우님의 한풀이를 해드림이… 최후의 이 순간에 우리가 할 수 있는 최상의 묘수 같단 생각을 했던 것입니다. (사이) 익히 아시겠지만… 한을 안고 죽음의 문턱을 넘어선 영혼들은… 저승에 안착도 하지 못한 채… 구천을 떠도는 객귀 신세가 된다고들 했습니다. 객귀들은 만만한 사람을 찾아 그 몸에 스며들어 해코지만 일삼기 마련이고… 무당이 나서서 푸닥거리로 원한을 풀어 줄 때까지는.

이정식 (통로로 걸어 나온다) 아닌 게 아니라… 만약 오늘 제가 여기서 불의의 객귀가 되고 만다면… 박정희 역으로 열연하며 박수갈채를 받아 보지 못한 여한으로… 두 눈을 차마 감을 수도 없을 것 같습니다. 무려 십여 년간 공을 들였던 배우수업 기간에 대한 회한과… 지난 육 개월간 사생을 결단하듯 비지땀을 흘리면서 연습을 해왔던… 나의 열정에 대한 허망함을 달랠 길이 없을 테니까요.

한 씨 내는 무식해 갖고… 그렇게 고상한 말들은 잘 몬 알아듣겠고… 그 뭐꼬? 노느니 염불한다꼬… 죽기 전에 우리 모두 연극구경이나 한 분 해보입시더. 저승사자들은 인정사정이 없어 갖고… 우리가 암만 울고 불며 몸부림을 치고 통 사정을 해 봤자… 눈썹 하나 까딱하지 않는답디더. 그란 게 저승사자가 내한테 와갖고 "이노마, 고마 가자" 하고 손을 내밀마 "그랍시다" 하고 따라 나서는 수밖에 없을 깁니더.

민노인 (박수를 치면서)… 이왕 가야할 판이라면… 그려! 한풀이를 할 사람은 하고 가야지.

이정식 아. 우선 제가 소개해야 할 분이… 마침 여기에 계십니다. (손짓으로 김현곡을 안내하며) 『제3공화국』을 집필하신 극작가 김현곡 선생이십니다.

김현곡이 일어나 통로로 나서면서 가면을 벗고 좌우 승객들에게 머리 숙이며 예를 차린다.

일부 승객들은 박수를 치기도 한다.

김현곡 작가는 원래 작품을 통해 말문을 여는 법인데… 육성으로 무슨 말을 하자니 무척 어색하지만… 지금은 불가불 몇 말씀을 올려야겠군요.

문기남 거두절미 하시오!

김현곡 (문기남을 향해 목례로 알겠다는 뜻을 건네주고) 광복 이후 칠십여 년간 우리 현대사를 이끌었던 정치적 위인 두 분을 손꼽아 보기로 한다면… 아마 산업화를 이룬 박정희와 민주주의 체제를 확립한 김대중이 될 것입니다.

이정식 선생님! 서두가 너무 거창한 거 아네요?

김현곡 (이정식에게) 알아들었네. (일반 승객들에게) 거두절미하고 『제3공화국』은… 박정희를 주인공으로 등장시킨 연극각본입니다. "하필이면 왜 오일륙 쿠데타의 주인공이자… 군사독재정권의 상징적 인물을 연극의 주인공으로 삼았느냐" 하는 의문이 뒤따를 것 같은데… 간단히 그에 대한 대답부터 해드리겠습니다. 이천육 년 가을에 북한이 제일차 핵탄두 실험을 했고, 전 세계적 우려와 강력한 경고에도 불구하고 연이어 이, 삼차로 자행되는 저들의 핵탄두 실험들을 지켜보면서… 동시에 점차 팽배하는 우리 국민들의 공포심과 불안감을 피부로 느끼는 과정 속에서… 나는

박정희 전 대통령의 통한을 뼈저리게 곱씹어 보기에 이르
렀던 것입니다. 아시다시피 그분은 일구칠구 년 시월 이
십육 일에… 당신이 가장 아꼈던 고향후배이자 측근이었
던 김재규 중앙정보부장의 총탄에 의해 유명을 달리 했
죠. 그 무렵에 그분은 이런 말씀도 남겼습니다. (박정희의 발
언 스타일로) "내년 팔월 십오 일에… 나는 핵탄두 폭발실
험을 감행할 거야. 그리고 정권은 김종필이한테 물려주고
은퇴하겠어. 은퇴 후에는 내 고향 구미시 금오산 기슭에
있는 관광호텔에서 사이다를 섞은 막걸리나 실컷 마셔 볼
거야."

한 씨   그런 소리… 내도 어데서 들어 본 거 같구마.

김현곡   그러니까 나는 시월 이십육 일이야 말로… 우리 민족 최
대의 비극적 날로 인식하게 되었던 것입니다. 어떤 가정
하에서 역사를 논할 수는 없겠지만… 그때 우리 한국이
핵무장을 했더라면… 지금쯤 통일이 된 한국은 강대국으
로 진입 했을 것이며… 동아시아는 물론 전 세계의 현대
사를 선도하지 않았겠습니까? 하여간 정은이가 4차 핵실
험을 감행할 무렵에… 나는 기어코『제3공화국』이란 작품
을 탈고할 수가 있었습니다. (손짓으로 이정식에게 기회를 넘긴
다는 표현을 한다)

이정식   작품의 독해 과정 속에서… 제 머릿속에 입력된 박정희란
인물의 이미지는 한 마디로 거북이었습니다. 그분에 비할
때…웬만한 정치인들은 거목의 가지에 붙어 앉아… 그저

우짖기만 하는 까마귀나 매미 떼에 불과한 것 같았습니다.

문기남   당신은 배우가 아니라… 무슨 약장사로구먼.

이정식   (문기남을 향하면서) 실은 나도 의식화 교육을 받은바 있는 주사파 계열의 운동권 대학생이었소. 그랬는데… 이번에 박통 역을 맡게 되면서… 그분에 대한 연구에 몰두하지 않을 수가 없었소. 그 결과 나는 박정희란 인물에게 그만 승복을 당하고 말았던 것이오. 그분은 우리 민족의 제단에 기꺼이 당신의 몸을 바치기로 작정을 한 민족주의자였소. 아직도 나는 김재규가 미국 시아이에이 사주를 받아 박통을 시해했다는 사실을 부정할 수 없을 뿐만 아니라… 직접 미국을 향한 분노의 감정 또한 숨길 수가 없었소.

한 씨   예고편이 너무 길구마.

이정식   (전 승객들을 대상으로) 작가 선생은 시놉시스에서 박정희를 '정치가가 아닌 혁명가이자 다소 감상적인 민족주의자'로 규정하셨는데… 작품 속에도 그런 사실들이 드러나 있었습니다. 그러니까 박정희가 청와대 후원에서 원자력 연구소장 최형섭 박사와 국방과학 연구소의 이경서 박사 등을 불러다 놓고 핵탄두 개발을 논의하면서… 당신이 핵탄두 개발을 결심하게 된 동기를 일러주는 장면이 설정되어 있었습니다. 그날 최형섭 박사는 박통에게 미국 뉴욕대학에서 물리학 교수로 재직 중인 이휘소 박사를 추천하기도 합니다. 바로 그 장면에서 작가선생은 무슨 작심이라도 한 듯 아주 긴 대사를 설정했는데… 그 대사를 외울 때마다 저는 박정희가 흘린 눈물의 의미를 곱씹어 볼 수밖에 없었습니다.

김현곡 아, 그때는 닉슨이 미국 대통령이었죠. 천구백육십 년도 대통령 선거에서 케네디한테 패했던 그는… 이년 후에 캘리포니아 주지사 선거에서도 참패를 하고 한국을 방문한 적이 있었습니다. 그때 그는 은근히 청와대 만찬을 원하기도 했는데… 박통은 명분이 없다며 한 마디로 차갑게 거절한 적도 있었습니다.

문기남 (반감에서) 아하… 당신들은 박정희를 영웅시하다 못해… 그의 팟쇼 정권까지 마구 합리화 하려 드는데… 차라리 히틀러 찬가나 부르지 그래?

추동일 나도 이하동문이란 게. 쓰레기 같은 골통 보수들의 개수작에 우리가 놀아날 수는 없지라.

김현곡이 문기남, 추동일 등의 발언을 손짓으로 가볍게 제지한다.

이정식 어느 분의 정치학 논리에 따르자면… 독재체제가 최악의 정치형태이지만 최상의 정치형태가 된다고도 했습니다. 만약 박통이 독재체제를 유지하지 않았더라면… 산업화도 이뤄내지 못했을 것입니다.

이지희 그더 김일성이도… 박정희 대통령만은 인정을 했었답네다.

김현곡이 이정식, 이지희를 향해서도 가볍게 제지하는 손짓을 보낸다.

그러자 잠시 숙연한 침묵의 순간들이 지나간다.

김현곡이 이정식을 향해 손짓으로 큐를 준 다음 자기 자리로 가서 앉는다.

이정식 (주머니에서 선글라스를 끄집어내어 착용하고 박정희 역으로) 천구백육십구 년 여름이… 나한테는 악몽의 계절이었소 미국에서 닉슨 대통령을 만났을 때… 굴욕감과 모멸감을 삭이느라 몇 번이고 나는… 어금니를 깨물고 또 깨물어야만 했었소. 우리 민족의 운명이 걸린 일이라 방미 길에 오르지 않을 수가 없었는데… 닉슨은 여름휴가 중이라며… 한가한 자기 고향에 앉아서 나를 불렀소. 그날 나는 다시 한번 뼈저리게 맛보았소. 비참한 약소국의 운명과 비애를… 닉슨은 어느 호텔에 묵고 있었소. 나는 비렁뱅이 꼴로 터덜터덜 그자를 찾아가야만 했었소. (선글라스를 벗고 손수건으로 눈물을 훔친 다음 다시 선글라스를 착용하고) 자동차를 타고 가면서도 나는 그자가 그래도 호텔 로비쯤에서는 나를 맞아 주리란 기대까지 했는데… 호텔 로비에는 아무도 없었소. 엘리베이터를 타고 내릴 때도… 무슨 룸의 도어를 밀치고 들어갈 때도 나를 반기는 그림자 하나 없었소. 그자는 룸 안 저쪽에 서서… 술잔을 한 손에 든 채로… 마치 속국의 제왕을 맞이하듯 오만한 표정을 숨기지도 않은 채 나를 멀건이 건너보기만 했었소. 그뿐만도 아니었소. 나더러 시시껄렁한 자기 고향 친구들과 함께 저녁식사나 하라는 거였소. 내 아무리 삼년 전에 그를 좀 섭섭하게 대했기로서니… 따지고 들자면 일개 미국 시민을 위해 무슨 명목으로 청와대 만찬을 베풀어 줄 수가 있었겠소? (사이) 화장실에 들어갔는데… 왈칵 걷잡을 수 없는 눈물이, 눈물이 마구 쏟아져 내려 차마 걸어 나올 수가 없었소. 낯선 그 호텔 그 화장실 안에서 한 시간쯤 나는 울고 또 울기만 했었소. 명색이 대한민국의 대통령인 내가… (다시 손수건으로 눈물을 찍어낸다) 그간 나는 미국을 향해 수차례나 나토에 배치된 렌즈미사일을 요청했었소. 북한이 남쪽을 향해 그놈의 프로그 미사일 공격을 하면 그 포탄이 오산까지 내려오니… 그에 맞서야 할 게 아니겠소 하고. 그런데 미국은 끝까지 우리를 불신하려 들었소. 우리가 렌즈를 보유하면 북진 통일을 꿈꾸게 된다며. (두 주먹을 부릅 쥐며 새로운 감정으로) 우리도, 우리도 만들어 버립시다. 까짓 거… 그놈의 핵폭탄! 첩첩이 산이란 거 나도 잘 알고 있소. 누가 기술을 이전해 줄 리도 없고 원료를 구하기도 하늘의 별 따기란 거. 백만분의 일초까지 찍을 수 있는 고속 촬영 카메라도 필요한데 그것 또한 금수품목… 하지만 이대로 주저앉아 변덕이 죽 끓듯 하는 저 미국의 장단에 맞춰 허수아비 춤만 추다가 어느 날 끽소리 못하고 죽어갈 수만은 없는 일이 아니겠소? 우리 민족의 생존권을 왜 저들에게 저당 잡혀야 하난 말이오? 미국은 심심풀이 삼아 방어전

략 어쩌고 나발 불지만… 우리한테는 바로 생존전략인 거요. 이젠 자립경제 기반 어지간히 닦였소. 문제는 자주국방인데… 문제는 자주국방인데… 양키들의 변덕이 죽 끓듯 저희 잣대로만 우릴 요리하니… 우린들 저들을 어떻게 믿을 수가 있단 말이오? '에취선 라인' 어쩌고 하는 바람에 육이오가 터졌는데… 보시오. '닉슨 독트린' 하니 북쪽의 저 미친개들이 또 망나니 칼을 휘두르기 시작했잖소? 작년 일이일 청와대 기습사건 때… 나는 평양 공격 명령을 준비하고 있었소. 그러다 북한 주민도 결국은 같은 민족이란 사실 때문에 차마… 차마 하다가 주저앉고 말았던 것이오. 저들이 또 남침을 하면 미군을 당장 서부 전선에서 전부 빼낼 것이오. 미군은 뻣뻣이 서서 총을 쏘는 자들이니 가령 적탄에 맞아 쓰러지는 미군을 종군기자들이 사진을 찍어 미국방송에 내보내면 당장 반전론이 일어날 게 뻔하잖소? '미국의 젊은이가 왜 한반도에서 죽어가야 하나?' 설왕설래… 대통령 선거라도 있고 보면 "나는 한반도에서 미국 젊은이들을 철수 시키리다" 하면 그자가 대통령으로 당선될 터인즉… 그런 미국을 믿고 어떻게 우리가 안심하고 안방에서 잠을 잘 수가 있단 말이오?

이정식의 대사가 끝나기 바쁘게 마치 꿈속의 장면임을 확인시켜주듯이 단발의 기관총성이 들려온다. 이정식이 가슴을 움켜잡고 푹 꼬꾸라진다.

그러자 뒤를 이어 소위 무법자 시리즈의 서부영화에서처럼 시신을 향해서도 무자비 하게 난사하는 듯한 기관총의 연발총성이 울려 퍼진다.

총성이 그치자 한동안 무거운 침묵만이 감돈다.

이윽고 김연실이 달려가 와락 이정식을 포옹하며 흐느껴 운다.

잠시 후에 정진영이 박수를 치자, 김현곡이 뒤따르고, 한 씨와 김 선생도 박수를 치고 민 노인과 안 노인도 박수를 친다. 혼혈남과 이지희, 주상호도 박수를 친다.

추동일, 문기남, 강인구 3인은 서로 얼굴만 마주 대할 뿐이다.

― 암전

제2장

제1장에서와 같이 조명 한 줄기가 떨어지면서 김현곡을 포착한다. 그는 가면, 즉 '잠이 든 자기 얼굴'을 움켜쥐고 무대 중앙에 서 있다.

김현곡   정신의학자 포로이드는… 인간의 무의식 속에 잠재 되어 있는 어떤 바람이나 욕망 등의 순간적인 형상화가… 꿈이라 했다. 어쨌거나 시시각각으로 엄습하는… 죽음에 대한 공포심이 극내와 되고 있는 상황 속에서… 일부이신 하시만…『제3공화국』이란 작품이 공연 되다시피 했으니… 작가인 나로서는 실로 야릇한 감회에 젖어 들지 않을 수가 없었다.

김현곡이 가면을 쓰게 되면 정전이 되듯 순간적으로 무대가 어두워지는데… 어둠 속에서 절망감에 사로잡혀 "악—" 하는 청년1의 비명 소리가 들려온다.
이어서 다음과 같은 목소리들이 칠흑 같은 어둠 속에서 들려온다.

청년1(E) 난 이렇게 죽을 수가 없어요. 인생이 이렇게 허무할 순 없는 일이잖아요?

전도사(E) 보아라. 내가 오늘 생명과 번영, 죽음의 파멸을 너희 앞에 내 놓았다. 내가 오늘 너희에게 명하는 대로, 너희가 너희 주 하나님을 사랑하고 그의 길을 따라가며, 그의 명령과 규례와 법도를 지키면, 너희가 잘 되고 번성할 것이다. 또 너희가 들어가서 차지할 땅에서, 너희 하나님이 너희에게 복을 주실 것이다. 그러나 너희가 마음을 돌려서 순종하지 않고, 빗나가서 다른 신들에게 절을 하고 섬기면, 오늘 내가 너희에게 경고한 대로 너희는 반드시 망하고 만다. 나는 오늘 하늘과 땅을 증인으로 세우고, 생명과 죽음, 복과 저주를 너희 앞에 놓았다. 너희와 너희 자손이 살려거든, 생명을 택하여라. (작가 주: 「신명기」 30: 15~19. 표준 새번역에서)

이윽고 암흑 속에서 한 줄기의 불빛이 나타난다. 한 씨가 등산용 플래시를 찾아내어 잠깐 불을 밝힌 것이다.

잠시 후에는 성냥불이 켜지고 촛불이 밝혀진다. 비구니가 자기 배낭 속에서 양초 갑을 끄집어낸 다음 불을 밝히기 시작한 모양이다.

김현곡은 가면을 쓴 모습으로 이전의 자기 자리에 앉아 있다.

김선생　이왕이면… 우리 촛불잔치나 벌려 봅시다.

문기남　(시니컬한 어조로) 좋습니다. 촛불이 무서워서 벌벌 떨다 못해 눈물까지 흘렸다던 명박이가 여긴 없을 테니까.

강인구　하하. 그때 그 광우병 파동 때… 촛불의 위력이 얼마나 거대한지 제대로 한번 보여 준 셈이었지. 명색이 대통령인데… 그가 오줌까지 지렸다니 하는 말일세.

김 선생이 비구니 곁으로 다가가서 나머지 양초에 불을 붙여 준다. 정진영도 나서서 그 일을 거든다.

청년1도 일어나 눈치껏 십여 개의 촛불들을 적당한 위치에 갖다 놓아 준다.

정진영　(통로에 서서) 아, 촛불을 밝히다 말고 불현듯 저는… 이런 생각에 빠져 들었습니다. "우리 십칠 명이… 현재 시각… 비록 지하에 갇혀 있긴 하지만… 아직까지는 유일무이하게 살아남은 서울시민들이 아니겠는가?" (손가락으로 위를 가리키며) 저 지상에는 핵탄두의 폭발로 의한 초고온과 상상을 초월하는 폭풍… 그리고 방사능의 낙진 등에 의해…
모든 생물들이 다 죽어 갔고… 인간들의 일상적 삶의 터
전 또한 모조리 파괴 되거나 다 녹아 내려… 참혹하기 그
지없을 뿐만 아니라… 태곳적의 정적만이 감도는 폐허가
되었을 지도 모를 일이니까요.

김선생 (자기 자리에 앉아서 정진영에게) 시인 선생은… 혹 불출세의
영화감독이 아니십니까?

정진영 (김 선생의 말이 무슨 뜻인지 알아듣고) 물론 저로서도… 이토록
끔찍한 추측이나 상상이… '제발 좀 틀렸으면' 하는 바람
을 갖고 있긴 합니다. 저 역시 당장은 죽고 싶질 않으니까
요. 왜냐하면 아직까지도 나는 만인의 심금을 울릴 수 있
는 시 한편을 창작하지 못했다는 생각을 떨쳐 버릴 수가
없으니까요.

김선생 하긴… 우리가 지금… 지하갱도 속에 갇혀버린 광부 꼴이
되고 말았으니… 혹은 출입구조차 알 수 없는… 금속철제
박스 속에 내버려진… 마치 통조림 깡통 속의 내용물 같
은 존재가 되어 버렸으니… 무시로 밀려오는 절망감 또한
뿌리칠 수가 없겠죠. (창밖을 가리키며) 저러한 고요와 어둠
이 이렇게 무서운 공포감을 몰고 올 줄 또한 미처 알지 못
했고.

정진영 아, 공수래공수거라. 어차피 인생이란… 빈손으로 왔다가
빈손으로 돌아가는… 한바탕 회오리바람인 것을. 또는 한
조각의 뜬 구름이요. 풀잎에 맺힌 한 방울의 아침 이슬인

것을. 혹은 한 자락의 꿈에 불과하리라. (승객들을 향하며) 어쩌겠습니까? 조용히… 이왕이면 엄숙한 자세로 우리는 우리의 운명을 받아들일 수밖엔 없겠죠? 짓궂은 운명의 여신한테는… 나약한 인간의 단말마적 발악이나 절규 따위도 한갓 냉소거리밖엔 안 될 테니까요.

한 씨　내한테는 죽기 전에… 꼭 한 마디… 할 말이 남아 있었는데… 내 마누라한테… "지순아, 그래도 안 있나? 저간에 내가 지랄병 많이 했지만도… 은근히 니를 좋아 했었데이. 거짓말이 아이다, 이 문디 같은 가시나야! 이 말만은 믿어도!"

추동일, 문기남, 강인구 등에 의해 킥킥 하는 웃음소리가 새어 나기도 하는데, 그 뒤끝을 숙연한 침묵이 잇는다.
그 침묵과 함께 모든 승객들이 얼어붙어 버린 듯한 동안 스톱 모션 형태가 되어 버린다.

안노인　(손짓과 아울러) 시인선생! 그더 나 좀 봅세다.

정진영이 안 노인에게 다가선다.
안 노인이 손짓으로 정진영을 자기 곁으로 바짝 잡아 당겨 귀속말로 무슨 내용을 속삭여 준다.

정진영　알겠습니다. (한 다음 추동일 앞으로 가서 안 노인을 가리켜 주며)

저 어르신께서 무척 궁금해 하셨습니다. 지금 이 사태의 전말이 어떤 것인지?

추동일 참말로 별스런 어르신도 보겠구만요, 잉? 어렵지도 않은 그딴 질문을 와 간접적으로 하신다요?

정진영 어르신은… 당신과… 말을 섞고 싶지 않은 것 같았습니다.

추동일 그래요? 그렇다면… 나가 대답하고 잡픈 마음을 어서 찾을 수 있간다요?

문기남 (정진영에게) 그러니까 저 어르신의 궁금증이란 결국 이런 뜻이 되겠군요? 지금의 이 암흑사태와 우리 진보적 좌파 사이에는… 직접적인 무슨 과업적 관련이 있을 것이다?

정진영 그렇습니다. 어르신은 당신들을… 전 통진당의 이석기 조직원과 같은 색깔로 여기는 것 같았습니다.

추동일 (소리 내어 웃은 다음) 세상에… 자기 정체까정 까밝힐 조직원이 어디에 산다요?

안노인 (참다못한 듯) 이것 보시라우요. 싫으나 좋으나… 우리는 디금… 저승으로 동행을 하고 있는데… 앞가리고 뒤를 가려 엇다 쓰겠소?

민노인 (안 노인을 거드는) 그렇지. 지금은 우리 모두… 마음속에 남아 있는 무거운 짐들을 훌훌 벗어 던져야 할 때라고. 죽음을 당한 새는 슬픈 소리를 남기고… 사람이 죽음을 당했을 때는… 어진 말을 남기는 법이라고 하질 않았어?

안노인 (사이) 당신들이 가령 아이에스 자살특공대라 할지라도… 이젠 속내를 털어 보일 때가 되었지비. 우리들 사이에…

사적으로 무슨 앙심이 남아 있거나 어떤 원한이 쌓였을 리도 없을 테니까니.

추동일과 문기남과 강인구가 서로 얼굴을 마주 대한다.

안노인 오늘 이 사태의 내막이 어떤 거인가? 북쪽의 정은이가 전면전을 시도했을 리는 만무할 거이고… 남한 내의 사회불안이나 남남갈등을 노리면서… 국지전이나 테러전 명령정도 하달 했갔디?

한 씨 (안 노인에게) 그놈은 무지막지한 놈이라… 전면전을 꾀할 수도 있심더, 너 죽고 나 살자는 식으로. 옛날부텀 서툰 무당이 사람을 잡고… 무식해야 용감하다는 말도 있심더.

안노인 (고개를 가로 저으며) 그래도 그놈이… 지 목숨도 달랑 하나뿐이란 것쯤은 알겠지비. 섣부른 장난을 쳤다가… 미국이 작정을 했다 하면… 평양이 하루아침에 잿더미로 변한다는 사실 또한 모를 리 없을 거이고.

민노인 (안노인의 말에 더해서) 암. 전쟁도 결국은 경제력이 좌우하는데… 남쪽의 경제력이 저희 놈들 삼사십 배에 달한다는 사실 또한 모를 리 없을 것이고… 뭣보다 중국의 시진핑이가… 문전 소란을 싫어한다는 것쯤도 알고는 있을 걸세.

정진영이 할 일이 없다는 듯 제 자리에 가서 앉는다.

추동일　이왕지사 통진당이란 말이 나왔은께… 나가 꼭 한 마디 하고잡픈 말씀도 생겨났는디요. 누가 뭐라고 혀도… 나가 제일 존경하는 사람이 바로 이정희 대표님이었단 게.

한 씨　하이고야. 내는 쪽제비 쌍판같이 생겨 묵은 그 여자 얼굴마 보마… 온몸에 소름이 쫙 끼치고… 적어도 한 사나흘간 밥맛조차 뚝 떨어지던데?

추동일　그런 게 성님은 구제의 여지가 전혀 없는 우파 골통이지라.

한 씨　(추동일의 흉내로) 동생은 구제의 여지가 활짝 열려있는 좌파 골통이고, 잉?

추동일　그런께… 이정희 대표님은… 나가 목청껏 부르짖고 잡픈 말씀을 대신해주었지라. 그것도 TV에서 말이요, 잉. (이정희 목소리를 흉내내어) "내가 이번 십팔대 대통령 후보로 출마를 한 까닭은… 새누리당의 박근혜를 떨어트리기 위해서이다."

안노인　(두 눈을 질끈 감으며) 이젠 알아 들었디비. 그러니끼니 자네들이 태러리스트들은 아닌 것 같으이.

김선생　(추동일을 향해) 그랬는데… 결과적으로 이정희의 그 말은… 박근혜가 대통령이 되는데 결정적인 기여를 한 꼴이 되었담서?

추동일　(일어나 통로로 나서며) 그런 것이 바로 민주주의 제도의 맹점이고 허점이지라. 다수가 무조건 정의롭고 선하다하는 그 결론 때문에.

이정식　(추동일에게) 당신의 말은 다분히 감정적인데… 박근혜 측과 무슨 원한 관계라도 있었단 말씀이오?

추동일 (사이) 박통하곤 운명적 적대관계에서… 절대로 벗어날 수가 없었지라.

이정식 운명적 적대관계라면… 정적이라도 되었더란 말이오?

추동일 듣고 싶소? 염병할! 억장이 무너지고 말아버린 우리 집안의 슬픈 내력이 있지라. (사이) 어느 날… 정정했던 할아버지가 행방불명이 되었답디다. 귀신이 곡할 노릇이라… 온 가족이 혼비백산 혀서 할아버지를 찾아 헤매기 시작했는디… 열흘쯤이 지나서야… 넋이 나간 모습으로 할아버지가 귀가를 하긴 혔는디. 워매. 실어증 환자 맹키로 아무런 말씀도 못 허시고 시름시름 앓기만 하셨답디다. 그런 모습으로 가끔 먼산 바라기만 하시다가… 끝내는 이년 만에 별세를 하셨는디… (허공을 향해 한숨을 내쉬고) 아이고, 이번에는 또 광주시청 공무원으로 일하시던 아버지께서도 직장에서 그만 쫓겨나셨는디… 권고사직의 이유란 게 또 걸작 중의 걸작이었지라. 민원인과 가벼운 말다툼을 한 적이 있었으니… 공무원의 품위 손상 어쩌고저쩌고. (사이) 훗날 밝혀지긴 했지라. 할아버지가 어느 술집에서 "박정희는 무서운 독재자 같다" 하는 말씀 한 마디를 흘렸는디… 그 말이 염병할 유신헌법에 의거한 긴급조치에 위반이 되어갖고… 짐승처럼 중앙정보부로 끌려가서 전기고문을 당했더란 일입디다. 집신풍신 공직원의 밑세끼깅 끼 밝혀야 한다면서.

이정식　한때… 유신헌법에 의한 인권탄압이 극심했다는 건… 아무도 부인 못할 사실이었겠죠. 그런데 핵무기 개발을 위한 일종의 방어조치로 그 유신헌법이 만들어 졌다는 말도 있었습니다.

문기남　(이정식을 향해) 당신은… 눈 가리고 아웅을 하겠다는 거요, 뭐요? 총칼을 앞세우고… 민주정권을 탈취한 박정희는 전형적인 독재자… 그 이상도 그 이하도 아니었단 말이오. 유신헌법이란 장기집권을 노린 법적 장치에 불과했던 것이고, 박정희야 말로 추잡하기 비할 데가 없을 만큼… 비열한 인간이었고. 듣기만 해도 두드러기가 돋아 날만큼 난잡한 여성편력에다… 동지들을 밀고하여… 떼죽음을 당하게 만들었던 철면피한이었소.

이정식　그래서 박통이 이런 말도 남겼겠죠. "내 무덤에 침을 뱉으라"(사이) 구차한 변명들을 멀리하면서… 경제입국에 자주국방 체제만 확립할 수 있다면… 그 어떤 비난과 모략중상도 감수하겠다는 뜻도 되었을 테죠. 그분은 대중적 인기에 결코 영합하려 들지 않았고… 준엄한 역사적 심판만을 받겠다는 각오로 정치를 하려 들었던 분이었소.

김현곡　(가면을 벗고 제 자리에서) 『제3공화국』을 집필하기 위해 나는 그분과 관련된 책 백여 권을 섭렵했었소. 그 결과 내 머릿속에 형성된 그분의 이미지는… 아이러니컬하게도 반역의 기수였던 것이오.

김선생　반역의 기수? 그렇게 생뚱맞은 이미지가 어떻게 생겨났다는 거요?

김현곡 그분은 처음… 일제 식민지 치하의 그 가난이란 현실에
순응이 아닌 거역을 하려 들었고… 그리하여 국민학교 교
사가 되었는데… 거기에도 안주하질 못하고 다시 반역을
시도했던 거요. 이윽고 일본 육사를 졸업, 일본군 장교로
만주에서 근무하게 되었답니다. 광복이 되지 않았다면…
아마 그는 일본천황을 향해 반역을 시도했을 텐데… 광복
을 맞은 그는 국군장교가 되었던 겁니다. 그리고 다시 공
산주의자가 되어… 사형을 선고받기도 했고… 그때 단지
살아남기 위해서… 그는 동료들을 배반하기도 했었죠. 이
후에 오일륙 쿠데타를 일으켜 권좌에 올랐는데… 또 헌법
을 파기하는 등 반역에 반역을 거듭하다 못해 당신 손으
로 만든 보안법도 무시하고 짓밟으면서 중앙정보부장 이
후락이를 북에 밀파 시켜 김일성과 밀담을 한 다음 7.4공
동성명까지 발표하도록 만들었죠. 이윽고 그는 유신이란
명분으로 대 반역을 기도했는데… 그 행위는 엄격히 말해
세계 최강의 미국이 집행하는 대 세계전략에 감히 반역을
하려던 것이었소. 이를테면 그분은 정치가가 아니라 혁명
가로서 비극의 주인공이 갖추어야 할 생리를 다 지니고
태어 나셨던 분이었소. (가면을 쓴다)

한 씨 듣고 본이 그럴 듯도 하구마.

문기남 아뇨. 당신들 골통 보수들의 논리 속에는… 항상 폭력성
이 내재 되어 있었소. 우리 편이 아닌 저편은 무조건 박멸

의 대상이다 하는.

한 씨 아따, 그렇게 어려븐 말을… 누가 알아든기라도 하겠는
교?

문기남 이를테면 '빨갱이들이야 말로 박멸의 대상이다' 하는 게
보수골통들의 공공연한 인식이었단 말씀이오.

이정식 그 말속에 무슨 오류라도 있단 말이오? 김일성에 의한
6.25전쟁으로 말미암아 당장 사오백 만이나 되는 사상자
와 아울러 일천만이나 되는 이산가족들이 생겨나질 않았
소? 전범을 어떻게 책임도 묻질 않고 덥석 포용할 수가 있
단 말이오?

문기남 그렇다면… 나 같은 인간의 존재감은 과연 어디에서 찾을
수가 있단 말이오?

한 씨 인자 슬슬 본색을 나타내겠다는 말이구마.

문기남 뭐래도 좋습니다. 그래요. 나야말로 귀태 같은 인생이었
소. 절대로 이 땅에 태어나서는 안 될 서러운 존재. 어쩌다
태어난 이 인간이… 철이 들면서부터 가장 먼저 터득한
사실이 무엇이었는지 아시겠소? 내가 자유롭게 숨 쉴 수
있는 공간이… 이 대한민국 안에는 없다는 것이었소. 나
로서는 그 경위나 동기 등을 전혀 알 수가 없는 일이었지
만… 나의 조부님은 좌익활동에 투신을 했고… 결국은 지
리산 공비로서 당신의 삶을 비참하게 마감했더군요. 국군
에 의한 공비토벌 작전에 의해 젊은 나이에 유명을 달리
하게 되었으니. 그러니까 연좌제란 덫에 걸린 아버지께서

도 마치 천형을 당한 죄인처럼 살 수밖에 없었으며… 어쩌다 생겨나게 된 이 놈 또한 마치 호적처럼 빨갱이 새끼로 분류가 되어… 내가 뿌리 내릴 곳을 도저히 찾을 수가 없더란 말이오. 대명천지 대한민국의 현 체제 안에서는. 따라서 나로서는… 내가 살기 위해 또 다른 사회를 건립하는데 앞장을 서고 있는 진보당에 투신 하지 않을 수가 없었던 것이오. 친일 보수정권을 몰아내고… 친미 사대주의 근성부터 뿌리 뽑는 일에 앞장서지 않을 수가 없었단 말입니다.

안노인　　그런 입장… 이해할 수야 있디만… 어떠렇게 하겠어? 그 거이 우리나라 현실인데?

문기남　　압니다. 전향하여 광명부터 찾아라. (시니컬한 어조로) 좀 더 솔직히 말씀드리자면… 나는 무정부주의자에 불과합니다. 어느 한때… 꿈을 안고 공작선에 몸을 맡겨 월북까지 했다가… 북한의 김 씨 왕조 또한 싹수가 노란 인민의 적이란 사실까지 터득하게 되었으니까요.

정진영　　(일어서며 절실한 어조로)) 아, 이젠 제발… 제발 좀 그만들 하시자니까요, 제발! 우리 코앞에 저승사자가 도착했는데… 언제까지 그렇게 거창한 이념적 논쟁에만 몰두하시렵니까, 언제까지? (김 선생을 가리키며) 선생님 말씀처럼 삶의 가치는 숭고한 것이어서… 그 어떤 이념에도 종속되어서는 안 된단 말씀입니다. 개인이나 사회가 어떤 이념에 사로잡히고 보면… 마약중독자처럼 병이 들고 만다고들 했잖습니까? 불교를 통치이념으로 내세웠던 고려왕조가 결국 그 불교로 인해 멸망을 했고… 성리학만 부르짖던 조선조 오백년도 결국 그 성리학이 집어 삼켰다는 역사적인 역설을 우리 모두가 알고 있지 않겠습니까? 기독교가 지배했던 서양의 중세 천년을 암흑기로 부른다는 사실 또한 우리가 잘 알고요. (통로에서 거닐기 시작한다)

전도사   할렐루야!

사이, 공포감이 내포된 침묵의 순간들이 이어진다.

안노인   (민 노인을 향해 혀를 차며) 어쩌면 좋디? 별 수 없이 네놈도… 나랑 같이 객사할 수밖에 없겠는데?

민노인   팔자가 그렇다면 어떡하겠냐? 내 손으로 이놈의 팔자를 뜯어 고칠 수도 없는 일인데.

안노인   (담담한 어조로) 우리는 그래도 저간에… 쓴맛 단맛 두로 맛 보고… 그럭저럭 살만큼은 살아 본 셈이지비. 그러니까 니… 오늘과 같은 뜻밖의 죽음도 "뭐, 그러려니…" 할 수가 있겠는데… (젊은 승객들을 손짓으로 가리키며) 저 젊은 친구들을 보니까니… 가슴 속이 마구 아려 오딜 않갔네?

민노인   (한숨을 내쉬며) 그러기 말일세. 인생이란 딱 한 번쯤은 살아 볼만한 가치가 있다고도 했는데…

안노인   와 한숨이가? (자기 가슴을 처 보이며) 저승길의 길동무가 네놈 맘에 차질 않아서 기래?

민 노인이 말없이 일어나서 혼혈남 앞으로 간 다음, 혼혈남의 손을 잡아 이끌고 다시 자기 자리로 돌아온다.

혼혈남　(민 노인 앞에 멈추어 서며) 무슨 일이십니까?

민노인　(자기 자리에 앉아) 좀 전에 자네가… 한 말들을… 엿들을 수 있었다네. 아버지가 아마… 우리 나이 또래쯤 되었을 걸세.

혼혈남　생존해 계신다면… 아버지의 연세가 일흔넷이 되었답니다.

민노인　해서 말인데… 내 친구 몇 사람도 월남전에 참전했었다네.

안노인　기렇지! 내 친구 한 놈도 거길 갔다가… 백골로 돌아 왔어야.

민노인　(혼혈남에게) 내가 꼭 해주고 싶은 말 한 마디는… 자네가 아버지를 용서해 주길 바란다는 것일세. 그때는 우리 한국도 보릿고개를 넘어 서질 못해… 파월장병 대부분이 미국이 책정했던 그놈의 생명수당을 바라보면서 월남행 선박에 몸을 실었던 걸세.

혼혈남　저도 대한민국의 현대사를 웬만큼은 꿰뚫고 있습니다. 삼십육 년간의 일본 제국주의 식민 통치 하에서 가까스로 벗어나기 바쁘게… 분단국가가 되어 버렸고… 격렬한 좌. 우익 이념 투쟁에 휩싸여야만 했고… 육이오전쟁이란 민족상장의 비극을 겪게 되었던 거죠. 그리고 오일륙 쿠데타로 정권을 잡은 박정희 장군이 국가재건을 계획 했는데… 돈이 없어 국군의 파월을 결심하게 되었고… 독일에도 광부와 간호사들을 파견해 가며… 국가재건에 필요한

종자돈을 마련하려 들었던 것이죠.

안노인   (혼혈남의 어깨를 두드리며 격려한다) 고맙구먼. 우리 역사를 그만큼 안다는 것은… 그만큼 한국을 사랑한다는 의미가 되디.

민노인   그렇다면 난 자네한테… 월남전에 참전했던 내 친구 한 사람의 이야기도 마저 들려 줘야겠네. 그 친구는 일찌감치 결혼까지 했었는데… 찢어지게 가난했던 집안 사정을 감안… 아내한텐 단 한 마디 상의도 하질 않고 월남전에 참전을 했었다네. 그리고 무사히 귀국해서 아내와 자식들을 만났는데… 다행히 고엽제 환자는 아니었지만… 전쟁 후유증 환자로서 한평생 아내의 극진한 보살핌을 받아야만 살아갈 수가 있었다네. 그것도 남몰래. 이따금 격심한 공포감과 불안감에 몸 둘 바를 몰라 몸부림치는 증상… 그랬는데 어느 날 신문지상에서… 광고에 실린 자기 사진을 지켜 볼 수가 있었다네. 꼭 자넬 닮은 사람이 아버지를 찾아 한국에 왔다는 내용이었네.

혼혈남   (마른 침을 삼키고) 그래서요, 어르신?

민노인   그 친구는 차마… 자기 아들 앞에 나설 수가 없었다네.

혼혈남   … 왜죠?

안노인   (혼혈남에게) 흘러간 냇물로는… 오늘의 물레방아를 돌릴 수가 없다는 말이 있디.

혼혈남   흘러간 냇물… 흘러간 냇물?

안노인   (민노인에게) 민가야. 그런 의미에서… 날래 아들 같은 이 젊은이를 한번 안아 주라마.

민 노인이 일어나 혼혈남을 안아준다.
포옹이 풀리자 혼혈남은 민 노인을 향해 목례를 한 다음, 말없이
자기 자기로 돌아가 앉으며 두 손으로 얼굴을 휩싸 쥔다.

김선생 (일어나서) 저는 오지랖이 그다지 넓은 사람 축에 들진 못
했습니다. 그렇지만 지금 우리가 다 함께… 막상 죽을 운
명에 처했단 생각을 하고보니… 묘한 감상에 빠져 들기도
하는데요. 그래서 둘러보니… 우리 승객들 중에서 가장
억울하고 원통해 하실 분은 (이지희를 가리키면서) 아마 저 아
가씨가 되지 아닐까 하는 생각이 들었습니다. 자유와 인
권을 깡그리 박탈당한 북조선에서… 먹거리조차 부족해
굶주리며 살다시피 했을 텐데… 그리하여 천신만고 끝에
탈북을 하지 않았겠습니까? 따라서 오늘도 가까스로 이
땅에 정착을 시도할 즈음이 될 텐데… 우리 대한민국에서
맘껏 한번 자유롭게… 사적인 꿈을 펼치며 살아 보지도
못한 채… 오늘 우리와 함께 유명을 달리할 수밖에 없을
거란 지레짐작을 하고 보니… 동정과 연민의 정에 몸 둘
바를 모를 지경이 되고 말았단 말씀입니다.

한 씨 내한테도 그런 생각이 자꾸만 들었는데… 우리 모두 저
여인이 대한민국에 오신 일을 열렬히 환영하는 의미로…
일단 박수부터 한분 쳐줍시더.

한 씨가 박수를 치자 김 선생은 물론 승객 대부분이 박수를 쳐준다.

이지희 (뜻밖에도 양손을 완강하게 내저으면서 일어나서 강한 어조로) 아닙미다. 감사하긴 하지만… 단지 그런 것만도 아니란 말입미다. 서운하고 아쉬운 마음도 없진 않디만… 제가 디금 여기서 죽게 된다는 거이… 다른 한편으로… 천만다행이란 생각도 들고 있단 말씀입미다.

승객들 모두 그녀의 대답이 뜻밖이어서 의아한 표정들을 지운다.

김선생 (자기 자리로 돌아가 앉으면서) 다행이라뇨? 비명횡사가 될 수도 있는… 지금의 이런 상황이… 천만다행이라니요?

이지희 그렇습네다. 솔직히 말씀을 드리자면… 제가 디금… 마음의 갈피를 잡지 못해서리… 남몰래 가슴만 조이고 있었습네다.

주상호 지금 무슨 말씀을 하시는 겁니까, 이지희 씨? 뜻밖의 죽음을 다행으로 여기다니요?

이지희 더 이상은 아무 말도 하고 싶디가 않습미다.

주상호 이지희 씨!

침묵.

이지희 (정진영을 향하며 조심스레) 시인 선생님한테 한 번 여쭙고 싶습미다.

정진영　말씀해 보십시오.

이지희　가슴 속에 비밀을 간직한 채 죽었을 경우에도… 한풀이를 못 다한 꼴이 되어… 그 사람의 영혼도 구천을 떠돌게 되는 겁네까?

정진영　가슴속에 응어리로 남은 비밀이 과연 무엇인지에 따라… 더러는 한이 될 수도 있겠죠. 가령 선의의 거짓말처럼… 아름다운 비밀에 불과 하다면… 굳이 한이 될 리는 없을 테고.

이지희　그럼 한 번 들어보시라요. 제가 북을 떠나 대한민국으로 입국을 한 다음… 하나원에서 삼 개월 동안 사회 적응 과정도 무사히 수료할 수가 있었습미다. 그리고 디금 내레… 내레… 북에서 우리 서로가 좋아했던 남자를 찾아가는 길입네다. 북에서… 우리는 지역 선전 선동 예술단 단원으로 함께 일했더랬시요. 우리는 협동농장 등을 찾아다니면서… 인민들의 고된 노동현장에서… 그 남자는 아코디온을 켰고… 나는 노래를 불렀더랬습미다.

안노인　(이지희를 향해서) 있잖네? 거… 좀 큰 소리로 말해 보라마. (이정식을 가리키며) 저 배우님이 연극을 했을 때처럼.

이지희　(큰 소리로) 그 남자… 오라버니와 함께 삼년 전에 탈북해서리 한국에 정착해서 잘 살고 있습미다. 그 남자는 나를 잊지 못해서리 결혼할 엄두도 내지 않았답미다. 그러니까니 오라버니와 그 남자는 북조선에 남아 있는 나한테… 탈북을 하는데 필요한 경비를 보내 주었시요. 함경도 무산군에 살고 있던 나는… 브로커와 접선을 하게 되었고… 그 사람의 도움을 받아 두만강을 무사히 건넜습미다. (사이) 그랬는데… 그랬는데 말입네다. (두 손으로 얼굴을 감싸 쥐며 한동안 오열을 한다) 중국 땅에서 만난 악질 브로커 놈이 나를 한 마리 송아지처럼 에느 못된 놈한테 팔아 버렸어요. 저는 골방에 갇혀서리 지난 일 년간… 모진 매를 맞아 가면서리 변태 같은 그놈의 여편네 노릇을 할 수밖에 없었더랬시오. 여길 좀 보시라우요. 여기를! (윗옷을 벗고 등을 보여 주는데 거기에는 흉측한 상처들이 남아있다)

멀리서 애절한 구음이 들려오기 시작한다.

이지희 천만다행으로 어떤 목사님의 도움을 받아 내레 필사적인 탈출을 하게 되었고… 지금 여기까지 오게 되었던 것입미다. (사이) 그러니까니… 지금 나는 어떠렇게 해야 좋을지 모르겠단 말씀입네다. 좋아했던 그 남자를 만나서리 이내 등짝에 있는 상처를 어떠렇게 설명해야 좋을는지… 시치미를 뚝 따고서리 그럴듯한 거짓말을 꾸며대고… 그 남자랑 결혼을 해야 하는 거이 좋을지… 아니면 이실직고를 하고서리… 그 사람의 대답을 기다려야 좋을지…누가 좀 일러 주시라우. 내레 어떠렇게 해야 되갔습네까? (윗옷을 다시 입는다)

한동안 통한을 읊조리는 구음만이 드높았다가 사라진다.

구음이 이어지는 동안 안노인이 탈북녀 곁으로 걸어와서 서 있다.

이지희　지금 그 사람은 눈이 빠질 지경이 되어서리… 나를 기다리고 있을 거야요. 우리가 오늘 오후 네 시쯤에 만나기로 약속 했으니끼니. 디금 내레 안타깝고, 초조하고… 또 아울러… 어쩌면 여기서 죽게 된 것이 다행이란 생각 또한 뿌리 칠 수가 없습네다. 왜냐하면 디금 여기서 제가 죽어 버린다면… 그 남자는 영원토록 아주 순결하고 아름다운 처녀로… 진정으로 자기가 사랑했던 한 여인으로 이… 이지희를 기억하며 살 수가 있지 않겠습네까?

안 노인이 조용한 행동으로 이지희를 포옹해 준다.

안노인　(한참 만에) 이 할아범의 고향도 이북이었디.

안 노인이 이지희를 포옹하고 있는데, 정진영이 일어나 즉흥시를 울부짖듯 낭송한다.

정진영　사랑하기에 떠난다 했다
가까이 있으면 몸부림치고/ 멀어지면 더 더욱 가슴 아픈/
이 역설의 길을
입술 깨물며 간다고 했다/휘청거리며 간다고 했다.

세월 가면/세월이 가면

사랑이란 언젠가는 우는 거라고

지난 세월 건지며 우는 거라고

눈 감아야 보이는 게 사랑이라고

울다가 울다가 가는 거라고/그런 것이 그런 것이

사랑이라고.

(작가 : 이민영 시인의 「역설로 피는 꽃」 전문)

조명이 Fade in 되고 모든 배우들의 액션이 스톱 모션 되면 막이
내린다.

한국 희곡 명작선 139
지하전철 안에서

초판 1쇄 인쇄일   2023년 11월 20일
초판 1쇄 발행일   2023년 11월 29일

지 은 이   김영무
만 든 이   이정옥
만 든 곳   평민사
　　　　　서울시 은평구 수색로 340 〈202호〉
　　　　　전화 : 02) 375-8571 / 팩스 : 02) 375-8573
　　　　　http://blog.naver.com/pyung1976
　　　　　이메일 pyung1976@naver.com
등록번호   25100-2015-000102호
ISBN   978-89-7115-104-4 04800
　　　　　978-89-7115-663-6 (set)
정　　가   9,500원

이 책은 사단법인 한국극작가협회가 한국문화예술위원회의 2023년 제6회 극작엑스포
지원금을 받아 출간하였습니다.

한국 희곡 명작선